Série
L'Œil du Diamant
Lios-An ©
Romans Fantasy

Édition ScriptoSceptique©

Série : L'Oeil du Diamant

Saga

La Saga des Jumeaux

~

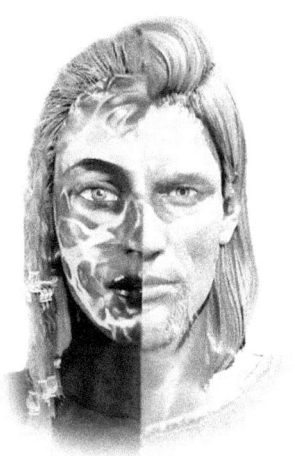

La Prophétie

Écrit par :

Lios-Art

(Aka : L. Bourgeois)

Illustration de la couverture par l'Auteur

Série : L'Oeil du Diamant
Saga : La première Dragonnière :

Vision du Passé — Tome 1
3e édition Février 2021
L'Horizon — Tome 2
1re édition Avril 2021
Le Déploiement — Tome 3
1re édition Avril 2022
Écho de la Nuit — Tome 4
1re édition Janvier 2023.

Saga : La Saga Des Jumeaux :

La Prophétie — Tome 5
1re édition Août 2023

La Rencontre du Destin — Tome 6
1re édition 2025

www.Lios-art.com

Admin@lios-art.com

Nouvelle couverture Édition : 2025

9 781998 905034

ॐ *Dédicace* ॐ

Pendant l'écriture de ce tome, tel un sort funeste, mon fidèle compagnon électronique s'est brisé. Ainsi, je dédie ce roman à tous ceux qui m'ont tendu la main, tels des anges bienveillants, et à ceux qui auraient souhaité le faire de tout cœur, si seulement le pouvoir leur avait été donné.

Dans l'encrier de mes souvenirs éparpillés, La plume danse au gré des songes étoilés, Mais l'ordinateur, maître des mots en liberté, D'un battement d'ailes, s'est envolé.

L'encre coule et caresse le papier, Au rythme des larmes de mon clavier meurtri. Je tisse des mots comme autant de prières, Aux âmes généreuses qui viennent éclairer.

Dans les méandres d'une prose déchue, S'entrelacent les âmes reconnues, Je tresse ces mots comme des lueurs, Pour honorer ceux qui ont offert leur chaleur.

Aux étoiles bienveillantes, mes dévots, Je confie ce roman qui jamais ne sera clos, Et à ceux qui, de tout cœur, auraient voulu, S'envoler à vos côtés, j'aurais tout accueilli.

Ensemble, telle une symphonie céleste, Nous aurions écrit des rêves en fête, Mais le destin, tel un conteur intransigeant, A tracé sa ligne, brisant les serments.

Dans cette dédicace, humble et sincère, Je chante l'hommage à ceux qui ont su me plaire, Que vos ailes éthérées vous portent toujours, À vous, mes étoiles, je dédie mon amour.

Remerciement spécial

Fabien Dedieu
Cindy Pelletier
Mario Côté
Nancy Boucher
Lyne Roberts
&
Plus

www.Lios-art.com

Admin@lios-art.com

Index

Série : L'Oeil du Diamant

La Tope

Le Saint t'Ours

Marais au Lézard

Sépara

8

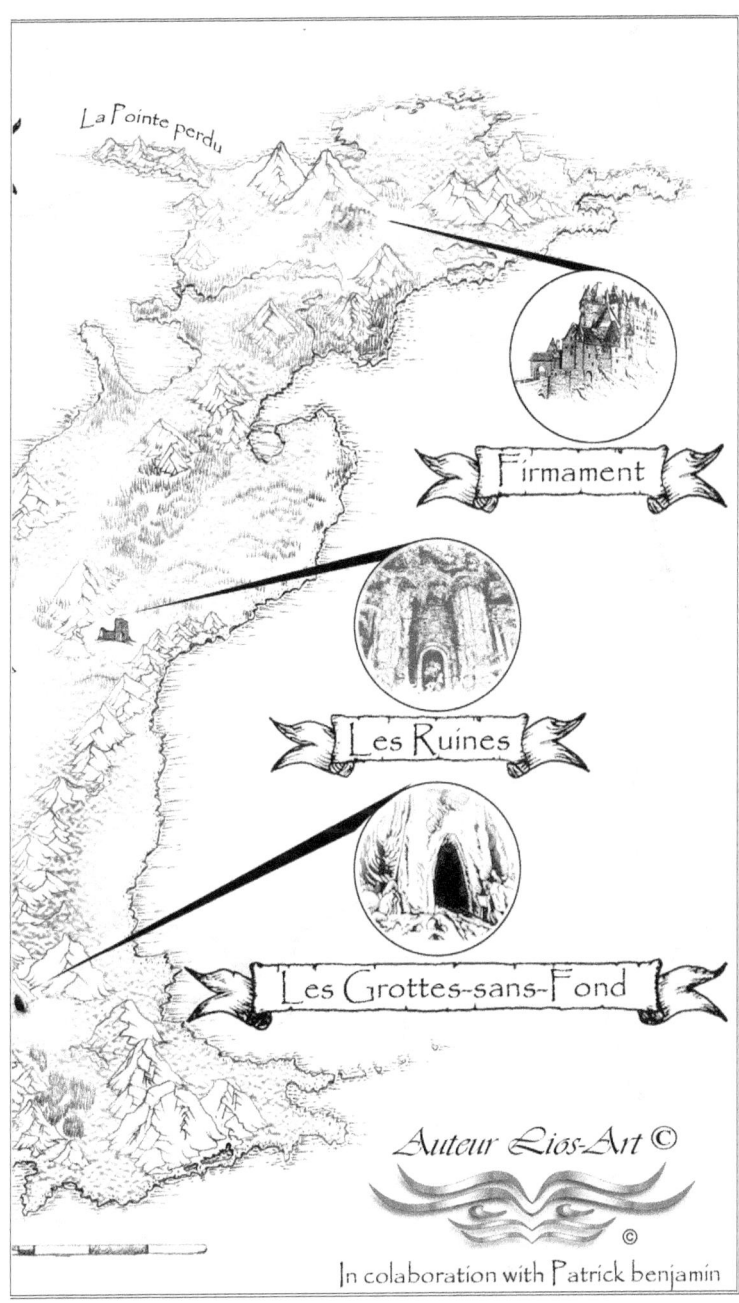

La Pointe perdu

Firmament

Les Ruines

Les Grottes-sans-Fond

Auteur Lios-Art ©

©

In colaboration with Patrick benjamin

9

Prologue

Les Vournirs

Les astres s'exhibaient sur une matinée radieuse, similaire à toutes les autres journées passées sur la crête du crâne fêlé depuis le dernier cycle de lune. Une brise légère soufflait sur les hautes montagnes, apportant avec elle, la fraîcheur de la rosée déposée sur les feuilles et le parfum des fleurs sauvages. L'astre de feu commençait à peine à s'élever à l'horizon que ses rayons envahissant la plaine, révélant le voile sur les majestueuses couleurs d'automne de l'obscurité. Les élongations des arbres se teignaient d'or et de rouge, et les oiseaux chantaient leur dernière chanson de l'été.

Firamire avait séjourné sur la falaise aux abords de la crête à forme de crâne humain depuis plus de trente jours et nuits. Il ressuscitait la même nuit et le même lever de soleil, essayant de comprendre ce qui lui échappait. Il repensait inlassablement à son dernier combat dans cette vallée, où il avait perdu plusieurs de ses frères d'armes. Il était en quête de réponses face à la violence qui avait envahi leur monde. Il voulait savoir comment ils pourraient retrouver la paix.

La lumière avait mis le cap pour le zénith, il sillonnait les cieux dans une position parfaite pour que ses rayons transpercent de bord en bord le crâne, donnant l'illusion de deux orbites enflammées qui confère sa vie au crâne, comme s'il était encore animé d'une entité magique. C'était le seul moment de la journée où l'on pouvait apercevoir le canyon qui traversait toute la vallée. Ce canyon était si creux et si dense en végétation que peu étaient ceux qui s'y étaient aventurés et plus rare, ceux qui en étaient revenus. Les feux du soleil, qui coulent des ouvertures de la tête, évoquent à tous l'histoire de la fable de l'amour des géants perdu à jamais.

Cette légende raconte qu'il y a très longtemps, un terrible tremblement de terre a sectionné la vallée en deux. Au moment où cela s'est produit, un couple de titans était installé dans cette vallée. Selon le mythe, l'épouse du colosse était en train de cueillir des fruits dans les arbres alors que le sol s'est mis à vaciller sous ses pieds. Elle avait perdu l'équilibre avant de tomber sur le rebord d'une falaise, et la moitié de son corps pendait dans le vide. Son conjoint, qui se trouvait non loin d'elle, a aperçu sa chute et a immédiatement couru vers elle pour la secourir. Il s'accrocha à sa main et à tenter de la tirer vers lui, malgré ses efforts, il n'a pu maintenir son emprise et elle a disparu dans un dernier hurlement de terreur au fond du canyon, pour ne plus jamais être revue.

De son côté, le géant a été pris de panique et a perdu pied. Il bascula en arrière et se fracassa la tête sur le pic de la montagne. Il est demeuré étendu là, inconscient, pendant de longues minutes. Lorsqu'il s'est finalement relevé, il a été saisi d'un vertige et a perdu l'équilibre, tombant de nouveau. Cette fois, son crâne est resté accroché au sommet.

Depuis ce jour, le crâne du géant serait devenu la pointe de la montagne, recouvert partiellement de végétation et de sédiments. Les habitants de la vallée évoquent que parfois, lorsque les nuages s'accumulent autour du mont, ils peuvent entendre le titan pleurer la perte de sa bien-aimée. Certains affirment en outre avoir aperçu son ombre errant à la recherche de son épouse disparue. Cette légende est encore racontée de génération en génération et c'est transformé en un symbole d'amour éternel et de drame.

Firamire, en regardant ce paysage, se remémorait de sa propre tragédie à nouveau tel un disque qui saute, répétant inlassablement le même refrain. Il avait perdu ses trois frères aînés lors de la bataille qui s'était déroulée dans cette vallée. Il se souvenait de leurs visages, de leurs rires et de leurs voix. Il éprouvait toujours la douleur et la colère face aux événements.

Malgré la beauté du panorama, il ne pouvait s'empêcher de ressentir une grande tristesse en revoyant les faits qui s'étaient produits ici. Cette nuit-là où toutes devaient être calmes, comme cela était rare en ces temps de guerre.

Bulton, l'aîné du firmament astral, dirigeait le groupe de reconnaissance, composé d'une dizaine de dragonniers, dont ses frères faisaient également partie. La mission devait être simple et sans histoire : un voyage jusqu'à la vallée du crâne fêlé, là où aucun combat ne se déroulait, car peu s'y aventurait. Ils devaient y aller pour recueillir des informations sur des rumeurs de mort mystérieuse et de disparition. Certains croyaient que l'ennemi pouvait s'y cacher. Rien de sérieux. D'ordinaire, les objectifs de reconnaissance étaient donnés au griffon et à leurs cavaliers. Mais tous étaient déjà dépêchés sur d'autres fronts et son frère s'était proposé après que Firamire ait insisté pour avoir une chance de voir ce fameux sommet qui piquait son imagination.

C'était ici que ses trois frères et lui avaient combattu cet ennemi dans une ultime bataille acharnée. C'était en ses lieux qu'ils avaient perdu également la vie, laissant Firamire seul et en proie à la souffrance et au chagrin. Il se rappelait de chaque instant de ce combat, de chaque coup d'épée, de chaque cri de douleur. Il se remémorait de la façon dont ses compatriotes l'avaient soutenu jusqu'à leur dernier souffle. Il ne pouvait pas oublier comment ils avaient lutté ensemble, jusqu'à la mort. Il se torturait à se questionner sur ce qu'il aurait pu faire différemment, comment il aurait pu les sauver. Il se sentait coupable de ne pas avoir été à la hauteur pour les protéger, pour les ramener chez eux en vie. Il ne pouvait s'empêcher de ressentir une profonde tristesse en pensant à tout ce qu'ils avaient perdu. Il se promit de se battre encore plus fort pour honorer la mémoire de ses frères et de tous ceux qui avaient succombé dans cette guerre sans fin.

Il pouvait se voir en train de combattre contre les spectres, lorsque Bulton s'était interposé entre lui et une attaque de fantôme qui lui était destinée. Il lui avait sauvé la vie, mais malheureusement, il n'avait pas été en mesure de se protéger lui-même, terrasser sur le champ par cette assaillante inconnue. Firamire avait alors perdu l'équilibre et était basculé du dos de son dragon. Il avait heurté un autre dragonnier en chutant, et était devenu inconscient. C'est à cet instant que Nivie, une ancêtre d'un passé très lointain, l'avait secouru en l'amenant dans un monde parallèle du souvenir. Il ne savait pas comment elle avait fait et encore moins comment elle pouvait être toujours de ce monde après toutes ses décennies, mais il lui en était éternellement reconnaissant.

Cependant, il se retrouvait sur cette falaise, dans ce milieu entre deux. Ou l'on pouvait revoir l'histoire autant de fois qu'on le désirait, cet univers alternatif qu'on baptisait les Vournirs. Comment qualifier un tel mirage? Une bénédiction pour revoir les moments tendres ou un tourment pour revivre les horreurs du vécu. Il était seul, complètement seul à n'en devenir fou avec ses pensées et ses souvenirs. Il se sentait triste et nostalgique, se rappelant de ses frères et de tous les autres camarades d'armes qu'il avait perdus dans cette guerre. Allait-il revoir sa famille ou serait-il condamné à errer dans son passé. Il se demandait s'il était vraiment là pour découvrir des secrets du passé ou s'il était juste en train de fuir la réalité des conflits et des disparitions. Il n'était pas prêt à affronter ces questions et préférait se concentrer sur le paysage magnifique qu'il avait devant lui après avoir revu mainte et mainte fois les combats de cette nuit tragique. Avec les rayons du soleil qui traversaient les orbites du crâne, donnant l'illusion de deux yeux lumineux. Il se remémora encore une fois cette légende de l'amour du géant, et compris pour la première fois que même dans les moments les plus sombres, l'amour et la beauté pouvaient encore exister.

Introduction

Nivie Surgie

Nivie fixa Firamire, observant chaque expression sur son visage. Elle sentit sa propre poitrine se serrer en comprenant le chagrin qu'il devait ressentir. Elle-même avait été prise au piège dans ce genre de boucle de souvenirs, et elle savait à quel point cela pouvait être pénible à surmonter.

Après un moment, elle décida de s'approcher de lui, prenant soin de ne pas le brusquer. Elle avança doucement, s'assurant de ne pas perturber la concentration de Firamire qui semblait plonger au cœur de ses pensées douloureuses. Lorsqu'elle arriva à sa hauteur, après un instant elle finit par poser délicatement sa main sur son épaule, espérant ainsi attirer son attention.

"Firamire, je comprends ce que tu ressens. Je sais à quel point il peut être difficile de lâcher cette boucle de souvenirs amers, mais il est heure de t'en libérer. Tu ne peux pas continuer à revivre cette douleur éternellement", dit-elle d'une voix tendre et rassurante.

Elle avait conscience que naviguer dans ses eaux tumultueuses du passé n'était pas une tâche facile. Cependant, elle ne pouvait pas attendre plus longtemps qu'il le découvre à son propre rythme, elle devait le guider pour qu'il puisse sortir de cette spirale infernale. Le temps ne jouait pas en leurs faveurs.

"Je suis là pour t'aider. Je vais te montrer comment voguer dans cet étrange environnement parallèle et comment échapper de cette boucle de souvenirs. Mais pour cela, tu dois te libérer de cette douleur et de cette tristesse qui te retiennent prisonnier de ce moment", expliqua-t-elle en lui faisant face.

Nivie savait que Firamire avait des questions sur sa présence ici et sur la façon dont elle avait survécu pendant tous ces siècles. Elle promit de répondre à toutes ses interrogations, mais seulement une fois qu'il serait détaché de cette boucle.

Elle sentit une tension palpable dans l'air, Firamire réfléchissait à ses paroles. Après un moment de silence, il leva les yeux vers elle et lui sourit légèrement.

"Merci, Nivie. Tu as raison. Je dois m'évader de cette vision." Dit-il avec sincérité.

Nivie sourit en retour, heureuse de voir que Firamire était prêt à émerger de cette spirale de songes accablants. Elle savait que cela ne serait pas facile, mais elle était déterminée à l'aider à retrouver sa liberté mentale et émotionnelle. Les horreurs de la guerre métamorphosaient l'âme d'un Drumain.

Firamire repris. "Mais comment changer le Vournirs ou peu importe?"

Nivie regarda Firamire avec conviction. "Ce n'est pas le monde du Vournirs que l'on change, mais le mirage en toi, et tout autour de toi. Tu dois parler avec le cœur et prendre une bonne inspiration." Dit-elle, en accompagnant le geste à la parole. "Il faut se connecter à une personne, ou même à un moment, et visualiser une période et un sentiment différent. C'est en faisant cela que nous pouvons nous déplacer dans le cours du temps dans cet univers de souvenirs."

Firamire la regarda, perplexe. "Mais comment? Voyager dans le temps à travers les souvenirs des autres!", demanda-t-il.

"Nous avons tous un passé, nos propres histoires et nos propres émotions", expliqua Nivie. "Mais il y a des moments où nos actions se chevauchent, où nos aventures se croisent. C'est à ce moment-là que nous pouvons circuler dans le temps d'un tiers, ensemble, en nous connectant aux souvenirs communs. Ils sont comme une rivière qui rejoint toutes les berges se déversant dans le prochain lac, dans le prochain bassin de génération."

Elle lui donna un moment pour visualiser avant de poursuivre : "Mais pour y arriver, nous devons être ouverts et vulnérables. Nous devons laisser tomber nos barrières émotionnelles et être prêts à ressentir les émotions des autres. Cela peut être effrayant, mais c'est la seule façon de véritablement changer le cours du temps."

Firamire semblait réfléchir à ses paroles. "Cela paraît difficile", dit-il enfin. "Mais pourquoi m'avoir apporté ici? Pourquoi moi?"

Elle le regarda avec détermination. "Nous avons tous une responsabilité envers l'avenir, certain décide d'y faire face tandis que d'autre la fuit", continua-t-elle. "Et toi tu as une force qui te vient de la famille du côté de ton oncle, tu dois la découvrir et apprendre à la contrôler avec prudence et sagesse. Ta sœur aura besoin de toi, et toi d'elle. Tu devras lui rendre cette âme."

Aussitôt, elle extirpa sa main de l'une des ouvertures de son pantalon. Délicatement, elle écarta les doigts pour révéler sa paume. Une petite sphère en sortit, fit le tour du Dragonnier comme si elle l'examinait avant de s'enfouir dans l'une de ses poches.

Firamire acquiesça, semblant comprendre l'importance de leur mission. "Je suis prêt à faire tout ce qu'il faut pour sauver l'avenir de l'humanité", dit-il avec conviction.

"Alors, commençons", dit Nivie. "Ferme les yeux et pense à un moment de ton existence où tu as éprouvé de l'amour, du bonheur, de la paix. Visualise-le clairement dans ton esprit. Laisse-toi mener par les émotions que tu ressens, laisse-toi dériver par elle. Et lorsque tu seras prêt, partage ce souvenir avec moi. Nous pouvons voyager dans le temps ensemble, Firamire, et changer le cours des choses pour l'avenir de tous."

Firamire ferma les yeux et se concentra sur une période de sa vie où il avait éprouvé une grande joie. Il visualisa clairement cette scène, se laissant guider par les émotions qu'il ressentait. Puis, il partagea sa pensée avec Nivie, qui sourit en réponse. Elle ferma les yeux à son tour et mentalisa son propre souvenir, se raccordant au bonheur de Firamire tout en se focalisant sur le sien.

Les deux voyageurs du temps se laissèrent conduire par leurs sensibilités, naviguant dans le temps à travers leurs souvenirs communs. Les secondes semblèrent s'écouler différemment, comme s'ils étaient à la fois dans le passé et dans le présent.

Lorsqu'ils ouvrirent les yeux, ils étaient toujours dans le monde du Vournirs, au même endroit, mais quelque chose avait changé. Ils avaient tous deux ressenti une nouvelle compréhension de l'autre et une connexion plus profonde à leur propre cœur. Nivie regarda Firamire avec gratitude. "Nous avons accompli quelque chose de grand aujourd'hui", dit-elle. "Et nous continuerons à le faire jusqu'à ce que tu parviennes à voyager seul et que tu arriveras à utilisé cette connexion unique que tu possèdes avec ta jumelle."

Chapitre 1

Le Pouvoir sur les Morts

Tamira était de retour une deuxième fois dans le monde des Vournirs, où elle retrouvait son frère jumeau, Firamire. Pour elle, seulement un mois s'était écoulé depuis qu'il avait réussi pour la première fois à se connecter à elle pour la faire apparaître dans cet univers. Pendant ce temps, Firamire avait continué à explorer les espaces entre les souvenirs, découvrant des choses étranges et mystérieuses sur cet étrange milieu, ainsi que sur son propre passé.

Désireux de partager ses découvertes avec sa sœur, il était déterminé à l'emmener avec lui dans cette quête pour découvrir davantage de secrets fascinants.

Durant cette période de trente jours dans cet univers parallèle, Firamire n'avait pas remarqué les années s'écouler, il voyageait d'un point de souvenir, d'une personne à un autre. Le temps ne passait pas de la même façon que sur Dritarinus. Il avait traversé d'innombrables paysages étranges et merveilleux, des montagnes enneigées et des forêts luxuriantes, des grottes sombres et des champs de fleurs sauvages. Il avait rencontré des créatures bizarres et fantastiques, des licornes qui étaient une race extincte depuis des décennies, des dragons miniatures qu'il n'avait jamais vus et d'autres qu'il n'avait même jamais entendu parler, comme des fées. Il avait appris des choses sur le monde des souvenirs et sur son propre passé qui dépassait les frontières de son imagination.

Durant son périple, Firamire avait croisé une grande cité en ruine, où il avait déterré les raisons de la destruction de cette cité et les conséquences de ses actions passées. Il avait également découvert comment Fléo Bleu, son oncle, avait obtenu ses facultés unique de nécromancie. Son pouvoir lui avait été donné lorsqu'il avait ouvert une brèche dans l'univers des souvenirs il y a bien longtemps. Il avait effectué des expériences magiques, des incantations pour tenter de faire revivre sa bien-aimée. En jouant avec le monde du souvenir et le monde des morts, Fléo Bleu, étant un être vivant, n'avait aucun droit sur aucun de ces univers.

Au fur et à mesure que Firamire lui contait des histoires. Le paysage changeait sous leurs pieds.

Tamira et son jumeau se retrouvaient au cœur de la grande cité en ruine. Le panorama était encore après ce précisé quand une silhouette floue apparue, éthérée et ondulante. Tamira reconnut immédiatement une version beaucoup plus jeune de l'oncle. Il déposa un œuf de dragon à ses côtés. Frappant son bâton dans la poussière au sol qui se souleva. Il récita une litanie d'invocations mystique, plongeant ensuite la main dans l'une de ses bourses pour en sortir un crâne de pigeon qu'il broya par la seule force de son poing. La poudre d'os s'échappa de sa main, une lueur scintillante bleutée se transforma en une douzaine d'oiseaux de lumière. D'un geste de rotation du poignet, imité par les créatures qui s'envolèrent en formant une étincelante spirale, leurs chatoyantes ailes déployées constituant un vortex coloré en mouvement. Les mouvements de l'oncle semblaient danser dans l'air, comme s'il dirigeait une symphonie magique invisible. Le portail s'apprêtait à se stabiliser et se matérialiser. Le nécromancien paraissait désormais épuiser, les mains tremblant d'excitation et d'appréhension.

Fléo Bleu savait qu'il jouait avec des forces qu'il ne comprenait pas totalement, mais il était déterminé à faire revivre sa bien-aimée coûte que coûte. Il était pour tenter tout ce qu'il pouvait quitte à sacrifier sa propre existence pour la ramener à la vie. Il commença à prononcer les incantations qu'il avait apprises, sentant la magie s'élever en lui, accompagné d'un sentiment de danger et de peur.

Le portail s'ouvrit avec fracas, émettant une lumière éblouissante qui aveugla les spectateurs. Dans cet éclat, une silhouette sombre et élégante se glissa rapidement dans le passage avant qu'il ne se referme. C'était la déesse de la mort, dont la présence avait plongé les ruines dans une atmosphère froide et impénétrable. Vêtue de noir et entourée d'une aura de ténèbres, qui émanait d'une étrange sensation d'outre monde. Elle le regarda d'un air sévère, et lui dit : "Fléo Bleu, tu as violé les lois de l'équilibre en ouvrant ce portail vers le plan des trépassés. Tu as lié ton esprit à celui des morts du passé, du présent et du futur, et tu vas être tourmenté par les âmes pour l'éternité."

Fléo Bleu se mit à trembler, comprenant la gravité de ses actions, et se sentit pris de panique. Il voulut s'excuser, mais il était trop tard, il sentit que tout espoir était perdu.

La déesse pointa son œuf de dragon mort qui traînait partout où il allait depuis son enfance, et avec une incantation, la sphère se souleva de terre, puis éclatant en deux. Un liquide visqueux vert comme du pus s'en écoula. Alors que la coquille se brisait, un squelette de bébé dragon émergea. Les morceaux de coquille tombèrent au sol tandis que le dragon restait en suspension dans les airs. Pendant ce temps, un cri strident émanant du néant se fit entendre et le squelette se mit à convulser comme si une force le possédait. Une lueur bleue apparut et la chair du nécromancien se fissura. Le petit dragon tomba au sol sous les yeux horrifiés de tous les spectateurs de la scène. Fléo Bleu était figé sur place, il ne pouvait pas bouger maintenu par un souffle macabre. Soudain, un portail s'ouvrit lentement, émettant un grondement sourd qui résonna sur les parois des ruines. D'une dernière parole incompréhensible, la déesse lui offrit un cadeau inattendu, elle donna vie à son dragon, ou presque. Les ossements firent signe que oui et s'exécutèrent immédiatement. Il courut sur ses deux petites pattes et grimpa sur les épaules du nécromancien plantant ses griffes à chaque pas dans la chaire pour monter. D'un mouvement sec, il enfouit ses phalanges dans le dos du mortel, soulever sa chair par lambeau. Dans un cri d'agonies, Fléo Bleu tomba à genoux. Les deux mains squelettiques du dragon plongèrent complètement dans le corps du Drumain qui avait déjà une expression crisper de tourment. Prenant appui avec ses pattes arrière sur les omoplates de notre ami, la créature empoigna la colonne vertébrale puis, hissant à quelques reprises de toutes ses forces. Finalement, dans un craquement qui résonna tel un écho d'ossature se brisant, les bras du dragon ressortis du corps tout le cortège osseux du Drumain qui se tortillait telle une truite frétillante. Lançant dans les airs les os comme une vulgaire vidange avant de disparaître sous sa peau pour prendre la place du support dorsale qu'il venait de lui extirper du dos. Fléo Bleu possédait enfin son dragon, au prix d'une terrible souffrance. Il se doutait bien que cela n'allait pas être facile à vivre.

Un portail s'ouvrir à nouveau, la déesse de la mort fit une révérence avant de s'engouffrer par le passage.

Immédiatement après son départ, un escadron de lueurs bleues surgit du portail, tournant autour du nécromancien tel un essaim d'abeilles protectrices de leur reine. Les lumières, qui semblaient être des âmes prisonnières sous le commandement de la divinité, se déplaçaient avec une fluidité effrayante, se rapprochant dangereusement de l'être déchirer.

Ce dernier tenta de les contrôler avec le peu de magie encore dans ses veines, mais le pouvoir de la déesse était trop puissant pour un mortel. Les lueurs bleues se mirent à tournoyer frénétiquement autour de lui, créant un chaos qui l'empêchait de se concentrer.

Soudain, le portail se désintégra comme il était apparu, laissant le Fléo Bleu seul avec les âmes captives et des créatures mystérieuses qui paraissaient sortir des ténèbres. Ces dernières étaient appelées des ferdants des abysses, des dits obscurs et malveillants que même les plus grands sorciers craignaient.

Fléo Bleu regarda autour de lui, sentant la présence des ferdants qui l'encerclaient. Leurs yeux brillants semblaient refléter une haine profonde pour lui, comme s'ils savaient que le nécromancien avait une certaine emprise sur la vie et la mort. Les créatures étaient couvertes de fourrure noire, leurs crocs et leurs griffes dépassaient de leurs membres. Leurs yeux étaient rouges et luisants, les rendant encore plus effrayants. Ils grognaient et hurlaient, remplissant l'air de sons discordants et inhumains. Le nécromancien comprit que son sort était scellé. Il avait invoqué des forces qu'il ne pouvait pas contrôler, et maintenant il devait en payer le prix. Il savait que les êtres ne le tueraient pas tout de suite, mais il serait prisonnier d'elles pour toujours. Vivant avec ses créatures de l'ombre qui le suivraient partout où il irait, sans jamais pouvoir s'en débarrasser. Il réalisa alors l'ampleur de son erreur et sentit un profond regret l'envahir. Il avait joué avec des pouvoirs absolus, mais il avait été aveuglé par son désir de contrôler la vie et la mort à un niveau jamais vu. Il avait oublié que toutes les actions ont des conséquences, et maintenant il devait payer le prix pour son arrogance.

Le nécromant était figé, encerclé par les créatures obscures. Soudain, l'un des globes bleus se rapprocha de lui et produisit une lumière douce et apaisante. Le jeune Drumain se sentit alors submergé par une présence familière, comme si quelqu'un cherchait à communiquer avec lui. Il inclina légèrement la tête pour permettre à la sphère d'avancer près de son oreille. L'entité émit donc une série de sons mélodieux, semblables à des murmures. Le nécromancien acquiesça discrètement, comprenant le message que le globe essayait de lui transmettre. Les autres créatures apparaissaient indifférentes à cette communication mystérieuse, mais Firamire, semblaient déchiffrer les chuchotements. Le globe se dispersa ensuite en une pluie de particules bleues qui se dissolvaient en douceur dans l'air. Fléo Bleu, reprenant son souffle, regarda dans la direction de Tamira, comme s'il pouvait la voir ou sentir sa présence. Il paraissait pensif, comme si le message qu'il avait reçu avait suscité une certaine réflexion en lui. Les créatures de l'ombre, quant à elles, se tenaient toujours à l'affût, prêtes à attaquer ou à le protéger si besoin était, disparaissant et réapparaissant à l'occasion.

Puis le moment du passé se dissipa, pour laissant Firamire et Tamira sur le bord d'une plage agiter dans un nouveau lieu de l'histoire. Aucun d'eux ne reconnaissait l'endroit dans l'obscurité de la nuit. Tamira avait tellement de questions sur ce qu'il venait de se passer, sur ce qu'il avait pu voir depuis leur dernière rencontre, mais son frère jumeau ne pouvait pas lui répondre, il y en avait pour des jours à dire en si peu de temps. Il avait senti la connexion psychique entre eux s'affaiblir. Tamira n'en avait pas eu conscience encore, elle était toujours sous l'émerveillement des visions.

Firamire se tourna vers sa sœur et vit l'expression d'incompréhension sur son visage. Il savait qu'elle voudrait des éclaircissements, mais il ne pouvait pas lui donner pour l'heure. Il devait d'abord se concentrer sur le lien mental entre eux. Il sentait que quelque chose la perturbait, mais il ne parvenait pas à l'identifier clairement.

Pendant ce temps, Tamira regardait autour d'elle avec étonnement. La plage était déserte, à l'exception de quelques coquillages échoués sur le sable. Elle avait l'impression d'être près d'une source d'énergie qu'elle connaissait, sans arriver à mettre le doigt dessus. Elle se tourna vers son frère et lui demanda :

"Où sommes-nous? Et pourquoi sommes-nous ici?"

C'est alors qu'un pont apparut sur l'eau, s'étirant à perte de vu dans un brouillard épais.

Firamire ne répondit pas tout de suite, essayant de concentrer sa puissance sur le contact psychique. Il avait besoin de faire taire les interférences pour pouvoir communiquer clairement avec sa sœur. Enfin, il sentit la force de la connexion augmenter légèrement, et il regarda Tamira.

"Je ne sais pas où nous sommes exactement, mais j'ai l'impression que nous sommes dans une autre époque. Il faut que je raffermisse notre lien, Tamira."

Tamira le toisa, inquiète et hésitât, elle aurait voulu le ramener avec elle. Finalement, elle hocha la tête. Déposant sa main sur, celle de son frère s'apprêtant à le questionner quand soudain, son armure se mit à étinceler comme si elle était chauffée à blanc et frappée sur une enclume. Elle commençait enfin à prendre vie pour la première fois. Tous deux restèrent perplexes ne sachant pas ce qui arrivait. Firamire sentit alors le lien lui échapper et dit. "J'ai quelque chose pour toi."

Firamire se dépêchant à sortir un petit globe de l'une de ses bourses accrocher à sa ceinture. Parlant d'une langue incompréhensible similaire à celle employée par son oncle, il s'adresse à la boule lumineuse qui est parti aussitôt tourner autour de la silhouette de sa sœur. Puis il dit en fermant les yeux. "Ce globe est en vie… elle a une conscience… et elle va t'accompagner…"

Tamira s'apprêtait à lui demander "c'est qui? Et c'est quoi?" quand le sol se mit a vacillé pour finir par se dérober sous ses pieds. Elle n'aura pas eu le temps d'entendre la réponse de son frère qui s'était évanoui dans la nature en même temps que le panorama…

Elle sentait tous ses membres pris dans une vague, une chaleur réconfortante l'enrobait, chaque extrémité de son corps picotant et son cœur dansant la chamade… Elle reconnaissait cette sensation pour l'avoir vécue une fois auparavant. Elle n'ouvrit que ses yeux de sa conscience, se laissant bercer par ce mouvement… Elle était de retour dans son monde, dans le lit qu'elle n'avait jamais quitté pour voyager et ce qui lui paraissait comme une houle, fut en réalité que son esprit qui regagnait son enveloppe physique.

Note venait de tirer Tamira de son sommeil profond. Elle avait vagabondé en compagnie de son frère dans son rêve. Le petit malcommode avait précipité son retour avec ses pattes dans la face, le cul assis sur le nez de Tamira… Il cherchait à capturer ce globe lumineux qui était apparu au-dessus de sa maîtresse tout en criant "Note, curieux, Note veut savoir c'est qui et d'où est petite bouboule turquoise luminescente?..."

Tamira bouscula Note pour le faire descendre et se calmer au plus vite. Puis, se relevant, c'est au tour de Fléo Bleu de demander : "Où as-tu voyagé en secret et avec qui pour avoir rapporté cette entité?"

Chapitre 2

Les Révélations du Passé

Firamire ouvrit enfin les yeux et se retrouva à nouveau seul sur cette plage qu'il ne reconnaissait pas. Face à lui s'étendait un pont en bois usé et craquelé, qui paraissait sur le point de s'effondrer à tout moment. Il se retourna et vit une dense forêt s'élevant derrière lui, une masse sombre et menaçante. Les petits sentiers qui coupaient la lisière semblaient étroitement surveillés par les arbres qui les entouraient.

Firamire sentit une pointe d'angoisse monter en lui alors qu'il fixait le ponceau, incertain de l'endroit où il devait aller. Il avait l'impression qu'il y avait quelque chose de sinistre et d'inquiétant qui planait sur cet endroit. Il se demanda ce qui arriverait s'il mourait dans ce monde parallèle, s'il était piégé ici pour toujours.

Firamire hésita un moment, observant attentivement le pont et la forêt. Il pouvait emprunter l'un des sentiers qui serpentaient à travers le boisé sans savoir où cela le mènerait, ou bien s'aventurer sur le chemin devant lui. Cependant, les planches vermoulues semblaient précaires et il n'était pas sûr de leur résistance.

C'est alors qu'il vit quelque chose qui l'intrigua. Au bout du pont, une faible lueur vacillante, puis il vit une maison se matérialiser. Était-elle déjà là, ou venait-elle seulement d'apparaitre? Il se sentit inexplicablement attiré par cette lumière, comme si elle représentait une promesse de sécurité ou de refuge. Il décida de prendre le risque et avança sur le ponceau, ressentant chaque planche craquée et bouger sous sa semelle. La mer agitée grondait en contrebas, et une légère brume commençait à se lever de l'eau. Le vent faisant chanceler les remparts de cordage moite rendant l'ascension ardue.

C'était la seule source d'éclairage visible dans les environs, et Firamire éprouva un frisson qui le parcourut à son approche. Il se dirigea vers la fenêtre, curieux de découvrir ce qui se cachait derrière.

Lorsqu'il arriva devant le châssis, il remarqua quelque chose d'étrange et d'inquiétant dans la lumière. Pourtant, il ne pouvait pas s'empêcher d'être attiré par elle, comme un papillon vers une flamme. Ne sachant pas ce que c'était, il décida d'entrer sans cogner. Oubliant de facto les normes de politesse, il poussa la porte et progressa insouciant.

Ce qui l'attendait passé le portique était au-delà de tout ce qu'il avait pu imaginer. Des créatures cauchemardesques rampaient dans l'obscurité, leurs yeux injectés de sang fixés sur lui, les griffes en avant, alors qu'ils s'avançaient lentement.

Au moment que Firamire finit par les apercevoir, il était déjà trop loin pour fuir. Il tourna tout de même de direction pour se sauver par l'entrée, mais elle était refermée et gardée par deux autres masses noires. Les spectres se rapprochèrent derrière lui. Il pouvait sentir leur souffle brûlant sur sa nuque, les rires féroces de leurs chants résonnant dans ses oreilles.

Il songeait toujours à un moyen de leur échapper, quand il entendit une voix glaciale qui murmura dans son esprit : "Bienvenue dans mon royaume, Firamire. Tu ne sortiras jamais d'ici vivant."

Firamire pensait être seul dans cet univers infini, mais il se trompait. Son cœur battait la mesure d'une danse endiablée, la sueur perlait sur son front alors qu'il dévisageait les êtres mystérieux qui l'observaient en silence. Il anticipait avec résignation la douleur qui allait inévitablement le déchirer, cherchant à trouver la paix dans l'acceptation de son destin.

Le voyage s'achève ici, se dit-il avec tristesse. Je souhaitais ardemment éteindre la flamme de ma bougie moi-même. Cependant, il ne remarqua pas le changement de couleur de l'iris des créatures qui passèrent du rouge au bleu.

Fermant les yeux, il attendit avec appréhension le coup fatal. Pourtant, au lieu du silence de la mort, il entendit des rires féroces et le froissement de tissus qui se rapprochait de lui. Le bruit régulier d'un bâton martelant le sol à chaque pas lui vrillait les tympans. Il espérait que la fin viendrait vite, mais chaque seconde lui semblait durer une éternité. Soudain, une main frêle et squelettique agrippa son épaule, le faisant hurler de stupeur en ouvrant les yeux. En se retournant, il vit une lisière de vieilles dents jaunies par l'âge s'étirer en un sourire éclatant, illuminant le visage ridé qui les entourait. Les yeux de la créature pétillaient d'amusement alors qu'elle le fixait.

Une violente pression frappa son estomac. Avait-il reçu un coup mortel, se demanda-t-il? Empoignant la main de son assaillant qui venait de le toucher, il ne sentit pas de douleur, mais une sensation de liquide chaud qui lui coula entre les doigts. Portant son regard à l'endroit où l'attaque fut portée, il s'attendait à voir du sang ruisseler, mais il découvrit qu'une main tenant un hanap plein de breuvage. Il n'y avait pas de liquide écarlate ni de plaie béante, juste le nectar de la mixture qui s'était déversé lorsqu'il avait agrippé le poignet de son provocateur.

Après quelques secondes, toujours sous le choc, Firamire continuait à fixer la tasse sans bouger. Il entendit les paroles qui le tirèrent de sa pétrification, s'adressant à lui : "Hé, Firamire, tu vas lâcher mon bras et prendre cette tasse. Je ne compte pas rester debout ici comme un vieil imbécile et te servir de table basse." La voix éclata ensuite d'un rire endiablé.

Firamire releva la tête et reconnut enfin son agresseur. C'était Fléo Bleu! Mais comment était-il possible qu'il soit là? Ce ne pouvait être qu'un écho du passé, pensa-t-il. Pourtant, il était bel et bien en train de le voir et de discuter avec lui! Firamire se demanda alors pourquoi Fléo Bleu n'était-il pas en route avec sa sœur à la rencontre de son dragon, comme prévu.

Fléo Bleu repris avec insistance. "Ma main!"

Firamire plongea le regard pour constater qu'il n'avait toujours pas libéré le poignet de son oncle et répliqua. "Oui! Oui!" Sans desserrer sa prise.

Le nécromancien soupira au risque de ne pas avoir été bien compris, il redemanda. "Et puis tu me la rends? Tu sais, je suis célibataire et j'en ai encore l'usage."

"Oui! Oui!" Répéta-t-il en relâchant sa poigne et en s'emparant de la tasse au passage.

Fléo Bleu secoua la tête avec amusement et dit : "Tu es vraiment un cas désespéré, mon cher Firamire. Mais je suis content de te revoir en vie et en bonne santé. Tu grandis à chaque fois que je te vois."

Firamire sourit en levant le gobelet pour en prendre une gorgée. Le breuvage était chaud et sucré, avec une touche de cannelle. Il se sentit réchauffé de l'intérieur et plus détendu après avoir bu quelques goulées. Ne portant pas attention aux allégations de son oncle toujours sous le choc de pouvoir discuter avec lui, visiblement encore jeune.

Pointant les formes menaçantes qui étaient restées dans l'obscurité, il demanda. "Et eux?" Toujours incertain de leurs intentions. Il ressemblait à ceux qu'il avait aperçus durant l'apparition de la déesse.

Fléo Bleu haussa les épaules et répondit : "Oh, ce ne sont que des ombres qui m'accompagnent partout où je vais. Rien à craindre, elles ne peuvent pas te faire de mal."

"Alors, que fais-tu ici, oncle Fléo?" demanda-t-il, curieux de savoir pourquoi il avait quitté leur quête pour se retrouver dans cette maison miteuse, avec lui.

Le nécromancien se dirigea vers un vieux tabouret de bois rond dans le fond de la pièce qu'il retira de sous une table qui paraissait aussi vétuste que le pont menant au bâtiment. D'un geste de la main, il fit signe à Firamire de faire de même.

Firamire obéit et alla chercher un autre tabouret. Il s'installa face à son oncle, prenant soin de ne pas renverser la tasse qu'il tenait toujours en main. Il regarda à nouveau les formes obscures qui semblaient les observer depuis l'ombre.

"Qui sont-ils?" demanda-t-il de nouveau à Fléo Bleu.

Le nécromancien sourit, comme s'il savait comment Firamire allait réagir. "Ce sont mes amis, et je suis ici dans mon temps, je ne sais pas ce que je suis après faire dans ton époque." Répondit-il simplement.

"Vos amis?" s'étonna Firamire. "Mais… ce sont des créatures sombres et menaçantes! Comment pouvez-vous être ami avec eux?"

Fléo Bleu rit doucement. "Ils sont différents de nous, certes, mais ils ont leur utilité. Ils peuvent nous aider dans bien des situations. Il ne faut pas juger les êtres sur leur apparence, Firamire. Il y a du bon et du mauvais en chacun de nous, peu importe notre forme ou notre nature."

Tous deux prirent une gorgée de leurs breuvages avant que Fléo Bleu déclare. "Pour revenir sur ta première question, tu es ici chez moi."

Firamire retroussa un sourcil en demandant. "Dans les Vournirs?"

Fléo Bleu répondit calmement : "Oui, nous sommes bien dans les Vournirs, mais cette maison est un endroit particulier qui se trouve hors du temps et de l'espace tels que tu les connais, à mi-chemin entre notre monde et cet univers parallèle. C'est une sorte de refuge pour moi et mes invités, un lieu où nous pouvons nous reposer et nous ressourcer loin des regards indiscrets."

Firamire resta silencieux, essayant de comprendre les implications de cette révélation.

Fléo Bleu continua : "Mais maintenant, parlons de toi. Que fais-tu ici, Firamire? Et où est ta sœur?"

"C'est à moi de vous demander cela. Aux dernières nouvelles, vous étiez en sa compagnie en route pour retrouver mon dragon." Dit-il.

"Je crains que tu te trompes de Fléo Bleu. Si mes calculs sont justes, à l'époque d'où je viens, tu dois juste débuter à avoir des poils sur la poche et commencer à te questionner sur les bouleversements de ton corps." Déclara le nécromancien avec un ton d'humour.

"Que dites-vous? Je ne comprends pas," répondit son neveu, surpris.

"Je crains que tu n'aies toujours pas saisi tout à fait le fonctionnement de ce monde. Nous sommes dans les parallèles des souvenirs." Affirma Fléo Bleu.

Le jumeau reparti, "Oui, mais je croyais qu'on ne pouvait pas changer le passé et interagir avec lui."

Fléo Bleu, amusé et espérant qu'il arriverait à saisir la complexité de l'univers qui les entoura. "Tu n'es pas simplement en train de visionner un moment du passé. Tu es entré chez un vivant qui vit dans le monde des souvenirs et qui plus est, un nécromancien qui parle aux esprits des morts du futur", expliqua-t-il. Voyant que son compagnon était confus, il reprit avec un petit ricanement : "Je te rassure, tu n'es pas mort. Les morts ne boivent pas de breuvage."

Firamire sentit un poids se retirer de ses épaules et un vent de soulagement l'envahir avant de demander : "Mais comment est-ce possible? Si le vous présent est avec ma sœur et le vous du passé… Vous êtes bien de mon passé?"

Fléo Bleu hocha la tête avec un sourire. "Je suis bel et bien de ton passé. Dans mon présent, cela fait à peine deux ans que ta mère nous a quittés. Mais ici, dans ce monde des souvenirs, les frontières temporelles sont plus floues. Tu peux rencontrer des versions différentes de moi-même, de toi-même ou de toute personne qui a vécu dans le passé. Mais quand je te parle dans ton futur depuis mon présent, je te parle à un futur intangible constamment changeant. Je pourrais te parler à un autre moment et tu n'aurais aucun souvenir de m'avoir parlé, car ton futur aura pu changer en fonction de mes actions et notre conversation existera uniquement dans mes souvenirs. Dans ton présent, le passé est fixe, toutes les conversations avec le passé deviennent fixes et solides dans le temps, et progressent pour faire partie de ton passé au fur et à mesure que la conversation avance. Tu ne peux pas changer ton passé, tout comme moi je ne peux pas être persuadé du futur que tu me dévoiles."

Firamire s'apprêtait à poser de nouvelles questions qui se bousculaient dans sa tête lorsqu'il sentit un très léger tiraillement au niveau de ses pieds. Jetant un coup d'œil rapide, il vit une ombre se retirer à la hâte. N'étant pas certain de ce qu'il avait cru percevoir, il regarda plus attentivement en portant sa main sur les cordes de cuir de ses bottes qui semblaient emmêlées. À ce moment-là, il entendit Fléo Bleu s'exclamer de rire. Firamire releva les yeux, embarrassé, ne sachant pas quoi dire.

Fléo Bleu, à bout de souffle, répliqua : "Ces ombres... derrière leur allure sinistre se cachent de vrais farceurs!" et repartit à ricaner.

"Vous n'êtes pas sérieux, ils ont vraiment coupé et attacher chaque cordon après l'autre botte!" répondit Firamire.

"Ah que oui! Ils sont de vrais coquins, mais ne t'en fais pas, je vais les rappeler à l'ordre." Dis Fléo Bleu en souriant. Il ferma les yeux et murmura quelques mots, puis l'atmosphère parue s'alourdir subitement. Les ombres, qui jusqu'alors semblaient jouer dans un coin de la pièce, s'immobilisèrent brusquement. Le nécromancien ouvrit les yeux et leur lança un regard sévère juste avant de leur faire un clin d'œil. "Ne perturbez pas notre invité, il est ici pour une raison sérieuse... Compris?" Les silhouettes s'inclinèrent en signe d'obéissance, puis disparurent dans un murmure.

"Voilà qui devrait les calmer un peu." Dis Fléo Bleu d'un ton peu convaincant. "Mais revenons-en à nos affaires. Tu ne m'as toujours pas dit pourquoi tu étais ici, est-ce que je me trompe?"

Chapitre 3

Vent de Soulagement

Ducan se tenait devant l'arche intérieure de son bureau, son regard fatigué, scrutant l'horizon qui s'étendait face à lui. L'automne tirait à sa fin et le froid de l'hiver était déjà palpable. Il était malade, le temps s'écoulait lentement, et l'angoisse qui le rongeait était plus intense que jamais. Sa fille était partie à la recherche de son jumeau disparu, et il n'avait toujours pas de nouvelles. Il ne savait pas si son garçon était vivant ou non, et cette incertitude le torturait jour après jour.

Le domaine était silencieux, le vent soufflait fort, faisant frémir les arbres et les feuilles mortes jonchant le sol. Ducan ressentait que la nature elle-même pleurait avec lui, partageant sa douleur et son désespoir. Le soleil commençait à décliner à l'horizon, et Ducan se sentait plus seul que jamais. Les pensées de son fils disparu et de sa fille qui avait pris la route lui pesaient lourdement sur l'âme.

Alors qu'il regardait le paysage, une messagère arriva derrière lui, livrant des nouvelles des plus émouvantes.

Ducan était là, dos à elle, perdu dans ses pensées. Elle s'approcha silencieusement, ses pas légers sur le sol de bois. Elle s'arrêta à quelques pas de lui. Elle savait que cette annonce allait être difficile à formuler.

Muia était différente des autres Mains-de-Fers. Elle était plus délicate, avec des traits plus fins et une grâce dans ses mouvements que peu de membres de sa race possédaient. Malgré cela, elle avait une musculature puissante et une peau hérissée de poils rouge foncé.

Elle prit une profonde inspiration, rassembla son courage et commença :

"Ducan, c'est moi Muia. Je suis venue vous apporter la dépêche qui vient d'arriver. Les dépouilles de vos deux plus vieux garçons vont être rapatriées aujourd'hui. Je suis désolée pour votre perte." Muia avait livré l'information avec une voix posée, essayant de rester forte face au chagrin de Ducan.

Ducan éprouvait un malaise profond, son cœur se serrait, le poids de la douleur qui l'écrasait devenant insoutenable et un picotement parcourait ses bras. Néanmoins, il demanda. "A-t-on des nouvelles de ton mari et de ma fille par le fait même?"

Muia répondit. "Non aucun message pour l'instant de Feragil et Tamira. Il devrait être sur le point d'arrivée auprès de Miro si mes calculs sont bons."

Ducan inclinant la tête, se sentant encore plus accablé par l'absence du moindre mot, de la moindre rumeur de sa fille et de son ami. Il soupira profondément avant de dire : "Je suis reconnaissant pour les nouvelles que tu m'apportes, Muia. Mais ma petite et Feragil me manquent terriblement. J'espère qu'ils seront bientôt de retour à la maison."

"Je suis également inquiète pour Feragil et Tamira. J'espère qu'ils sont en sécurité. Si j'ai des nouvelles, je vous en informerai immédiatement. Entre-temps, je suis venue aussi pour vous avertir que j'ai donné l'ordre à nos gardes de préparer l'arrivée des cendres de vos deux fils. Nous allons faire tout ce qui est en notre pouvoir pour les honorer dignement. Si vous avez besoin de quoi que ce soit, je suis à votre disposition." Voyant que Ducan demeurait silencieux, Muia inclina légèrement la tête en signe de respect avant de quitter les lieux.

Il resta là, un long moment, immobile, comme un arbre enraciné dans le sol, devant la porte de son bureau, les yeux fermés, se concentrant sur sa respiration. Le vent lui apportait les parfums enivrants de l'automne, la mélodie douce et mélancolique du feuillage qui s'envolent au gré des rafales. Il pouvait presque sentir la caresse des feuilles mortes, effleurer son visage et les chants harmonieux des oiseaux venant chatouiller ses oreilles.

Le soleil finit par disparaître derrière les collines, plongeant le domaine dans l'obscurité. Ducan ouvrit les yeux et tourna les talons pour se diriger lentement vers sa chambre, résolue à affronter les épreuves qui l'attendaient. Il savait que l'hiver allait être rude, mais il se préparait à faire face à toutes les difficultés, avec courage et détermination. Même dans les moments les plus sombres, il gardait l'espoir que sa fille reviendrait avec de bonnes nouvelles.

Au balcon derrière lui, un bruit soudain l'interpelle avant qu'il quitte les lieux. Une voix familière résonne dans ses oreilles, il reconnaît la tonalité, qu'il avait entendues qu'une seule fois dans sa jeunesse, mais comment peut-elle encore être en vie?

La surprise s'empara de lui, ainsi qu'une quinte de toux qui l'oblige à s'appuyer, sur le cadre de la porte, le souffle coupé, le corps fatigué, puis un bras inconnu lui tend une main secourable.

"Que fais-tu mon petit?" répéta-t-elle doucement, comme si elle savait exactement ce qui tourmentait Ducan en ce moment.

Il tenta de rassembler ses esprits, mais le toussage le saisit de plus belle. Il lâcha l'inconnu pour s'agripper à la moulure, afin de ne pas tomber, mais heureusement, l'individu qui lui avait porté assistance se précipita afin de le rattraper.

"Venez, monsieur, je vais vous aider à vous asseoir", dit l'homme en l'amenant jusqu'à un banc au centre de la pièce.

Ducan prit une profonde respiration pour se calmer. Il regarda la personne avec méfiance, essayant de se remémorer d'où il avait vu cette longue robe bleue auparavant. Le visage rasé et son allure particulière lui rappelaient les histoires de ses parents sur les moines, une tribu mystérieuse qui avait une époque séjourné dans ses lieux et qui avait apporté le crâne de squelette de dragon dans le château.

C'est alors que Nivie, l'une des triplettes entra par l'arche du balcon. Telle une apparition, laissant Ducan perplexe. C'était bien la voix qu'il avait reconnue. Elle ne semblait pas avoir vieilli d'un seul jour, quelle étrange vision. Il se souvient de leur rencontre passée, éphémère et lointaine, et pourtant, elle est là, devant lui, souriante et sereine.

Ducan cligna des yeux, essayant de s'assurer qu'il ne rêvait pas. "Nivie, comment... comment est-ce possible?" demanda-t-il finalement.

Ducan était pris de vertige alors qu'il regardait Nivie entrée, la figure légendaire qu'il avait longtemps considérée comme un personnage fictif de son enfance. Et malgré tout, ça n'avait rien d'un rêve.

Tout à coup dans la pièce, tout semblait irréel, comme un songe lointain, les mystères se dévoilent, les légendes reprennent vie, Ducan ne savait plus où donner de la tête, il était perdu dans le temps.

Elle lui sourit doucement. "Mon enfant, le temps ne signifie rien pour moi. J'ai été témoin de tant de choses dans ma longue destinée, et j'ai encore beaucoup à faire avant de partir. Je viens comme un oiseau de bon augure."

Ducan sentit une vague de soulagement l'envahir. Nivie était là pour l'aider. Avait-elle des nouvelles de ses gamins? Il se leva lentement du banc, déterminé à l'accueillir avec respect.

Les yeux de Nivie se remplirent d'une douceur infinie tandis qu'elle s'approchait de Ducan. Sa présence réconfortante apportait un baume à son cœur tourmenté. Elle lui tendit la main pour l'invité à se rasseoir, son visage empreint d'une légère tristesse. Mais alors qu'elle prononçait des mots porteurs de soulagement, une lueur d'espoir illumina son regard.

"Sache que ton garçon est en vie et se porte bien, cependant je ne peux pas te dire quand il sera de retour." Dit-elle d'une voix douce et rassurante.

Ducan sentit son cœur bondir dans sa poitrine. Son fils, vivant? C'était une nouvelle qu'il n'osait même pas espérer. Il écouta avec attention les paroles de Nivie, ses yeux rivés sur elle, buvant ses mots comme une source d'eau pure dans un désert aride.

"Il est présentement dans le monde des souvenirs, là où il doit trouver sa voie vers son oncle Fléo Bleu, tout seul," continua-t-elle. "Il s'avère que lui et ta fille sont effectivement les enfants de la prophétie, les élus qui vont mener un groupe pour restaurer l'ordre dans cet univers."

Les mots de Nivie résonnèrent dans l'esprit de Ducan comme une mélodie céleste, apportant un éclat d'espoir dans les ténèbres de son chagrin. Il pouvait presque voir son fils, marchant courageusement vers sa destinée, guidée par une force intérieure et une détermination sans faille.

Ducan se tenait là, perplexe, scrutant les yeux de Nivie. Pourquoi devrait-il retrouver Fléo Bleu? Et ce vieillard était déjà avec sa fille... Est-ce que cela voulait dire qu'il avait rejoint sa sœur? Ou les avait-il délaissés pour prendre soin d'un apprenti? Les souvenirs de son beau-frère, qui avait sacrifié sa vie pour devenir nécromancien, hantèrent son esprit, le faisant frissonner d'effroi. Les prix à payer étaient toujours lourds, souvent trop élevés pour être supportables. Pourtant, Nivie semblait en savoir plus qu'elle ne l'avait laissé entendre.

Il se tourna vers elle, s'apprêtant à poser la question qui l'obnubilait, mais elle l'interrompit avant qu'il n'ait pu articuler un mot. "Oui." Dit-elle, "il est destiné à devenir lui aussi un nécromancien." Ses yeux scintillaient comme des étoiles dans la nuit.

Ducan était submergé par une vague d'émotion. Il se sentait à la fois terrifié et émerveillé. Comment était-ce possible? Et que devrait-il faire maintenant?

Fléo Bleu avait toujours su que les jumeaux seraient un jour la clé pour sauver l'univers ou le conduire à sa perte. Malheureusement, ses avertissements n'avaient pas été pris au sérieux et il avait été banni par sa propre sœur du Firmament. Il avait été contraint de partir loin de ses amis et de sa famille. Jusqu'au soir où Ducan avait fait chercher son beau-frère par Aile-d'or.

Ce soir-là, le nécromancien se présenta dans son bureau de Ducan, la nuit après le départ de Tamira. Il ne s'attendait pas à le revoir, mais il en avait été ravi. Le jumeau de sa femme avait accepté d'accompagner sa fille et de garder un œil sur elle pour la protéger dans son voyage. Allait-il tenir parole?

Ducan porta son attention sur l'inconnu, intrigué par l'aura mystique qui émanait de lui. Le jeune homme, qui avait l'allure d'un moine, cachait pourtant sous ses vêtements une force prodigieuse. Ducan l'avait aussitôt remarqué et demanda à Nivie, sourire aux lèvres : "Et ce jeune homme, qui est-il?"

Nivie, dans un élan de fierté, répondit : "Laisse-moi te présenter mon époux, Kshiti, le dernier des moines qui ont été là depuis le début de la création de l'univers. Ne te fie pas à son apparence, il est bien plus vieux que moi, cinq fois plus en vérité."

Ducan resta bouche bée, émerveillé par la sagesse qui émanait de cette personne mystérieuse. Il se surprit à rêver de découvrir les secrets que ce moine devait avoir accumulés depuis le commencement. Sa présence était telle qu'il inspirait à la fois la peur et l'admiration, faisant de lui un être à part dans cet univers.

Intrigué, il demanda d'une voix douce : "Tu dis qu'il est le dernier des moines. Mais qu'est-il arrivé aux autres?"

Kshiti, le ton grave, déclara : "Ils sont morts. Leur dernière mission était de mettre en sécurité le crâne de dragon et de revenir pour retarder l'inévitable. Mais bon, nombre d'entre eux n'ont pas réussi à s'en sortir."

Ducan éprouva une profonde tristesse en écoutant les mots de Kshiti. Il se remémora les êtres chers qu'il avait perdus dans sa propre vie, et la douleur qu'il avait ressentie. Il compatissait avec lui et admirait sa résilience face à une telle perte.

Nivie aurait aimé poursuivre la conversation avec Ducan, lui raconter davantage sur le passé de Kshiti et les autres moines, mais le temps pressait. Nivie et Kshiti devaient partir aussitôt qu'ils avaient annoncé la nouvelle de la survie de Firamire.

Nivie se redressa et posa sa main sur l'épaule de Ducan. "Nous devons quitter maintenant, Ducan. Les secondes sont précieuses pour nous." Elle lui adressa un sourire en coin.

Ducan aurait escompté en apprendre plus et leurs histoires l'intriguaient, cependant il déchiffrait l'urgence de la situation. "Bien sûr, je comprends. Je vous souhaite bonne chance pour la suite."

Kshiti inclina la tête en signe de respect. "Nous apprécions votre compréhension, Ducan. Peut-être qu'un jour, nous pourrons discuter plus longuement."

Ducan hocha la tête. "Je l'espère."

Kshiti se redressa avec grâce et élégance, fixant Ducan de ses yeux perçants. "Si l'avenir nous le permet", répondit-il d'une voix posée, conscient que leur destin était incertain et que leur sort était entre les mains de forces supérieures. Il savait que les prédictions de l'univers n'étaient pas toujours fiables, que tout pouvait changer en un instant. Mais il gardait espoir, croyant que chaque instant était précieux et que chaque choix pouvait faire la différence. Mais cet avenir n'existait pas dans les prophéties, le temps de Ducan était compté et le leur également.

Ducan se leva alors, salua sa visite, et leur souhaita un bon voyage. Leur conversation avait été brève, mais il savait maintenant que Firamire était en vie, et cela lui apportait un grand réconfort.

Nivie et Kshiti sortirent par l'arche du balcon où sa dragonne les attendait en silence pour effectuer un nouveau bond entre les univers parallèles.

Ducan resta là, assis à caresser l'idée que son garçon continua son chemin quelque part. Malgré leurs efforts, la mort ne l'avait pas atteint, et il était soulagé. Il se remémorait les moments où il avait tenté de le tenir à l'écart des dangers du monde, mais en fin de compte, son enfant avait trouvé sa propre voie, ou c'était le destin qui avait été à sa rencontre pour le pousser à devenir un nécromancien comme son oncle. Pour Ducan, cette pensée était à la fois réconfortante et effrayante, car il savait que cette magie pouvait corrompre l'âme de son fils.

Chapitre 4

Bouboule Turquoise

"Note, vas-tu finir par lâcher ce globe tranquille?" S'exclamait pour la dixème fois Tamira en interrompant son oncle dans ses questions.

Il y avait longtemps déjà que Tamira avait quitté le domaine familial, laissant derrière elle les terres fertiles et les champs verdoyants. Depuis leurs confrontations avec les spectres aux abords des Grottes-sans-Fond, son périple avait été sans autre mésaventure que quelques rencontres avec des animaux sauvages.

Ils étaient désormais parvenus à leur dernière escale avant d'atteindre le campement où les attendait le dragon de son frère jumeau. Assis près du foyer dans une auberge miteuse que peu de voyageurs osaient fréquenter, probablement en raison de sa réputation si largement répandue, Tamira et ses compagnons reprenaient leur souffle.

Les murs de la halte semblaient vieillis par les siècles, leurs pierres taillées par des artisans oubliés. Des bougies vacillantes illuminaient la pièce, projetant des ombres dansantes sur les cloisons. Les odeurs de nourriture rôtie et de bois brûlé flottaient dans l'air, ajoutant à l'atmosphère rustique.

La jeune femme, évachée sur une chaise de vieux chêne brut, visiblement fatiguée de l'interrogatoire que le paquet d'os lui faisait subir.

C'est alors qu'un homme poussiéreux, vêtu d'un manteau élimé et coiffé d'un chapeau pointu, fit son entrée dans l'auberge. Ses yeux étaient voilés par l'âge, mais il avait une prestance noble qui ne laissait pas indifférente. Il s'approcha du groupe, portant une lourde besace en cuir à la main.

"Je vous ai observés depuis votre arrivée", dit-il d'une voix rauque. "Je vois en vous des voyageurs courageux, prêts à affronter les dangers les plus redoutables. Et j'ai quelque chose qui pourrait vous intéresser…"

Il ouvrit sa sacoche, révélant une carte ancienne ornée de symboles mystiques et de parchemins usés par le temps.

"Vous cherchez la gloire, n'est-ce pas?" dit-il en souriant.

"Je sais où elle se trouve. Cette carte vous guidera jusqu'à elle. Mais méfiez-vous des pièges que vous pourriez rencontrer en chemin…"

Fléo Bleu s'inclina devant l'homme comme s'il était subjugué par ses paroles. À chaque nouvelle réplique, il répondait avec un ton monocorde, hochant simplement la tête. "Ah oui… Ah bon… Hay, bien…" Mais tout à coup, le nécromancien sortit sa main de l'une de ses bourses disposées sur sa ceinture, lança une poignée de minuscules os sur la table et claqua des doigts. Des petits écureuils squelettiques apparurent comme par enchantement, répandant une atmosphère encore plus sombre et lugubre dans l'auberge.

Les clients, déjà peu nombreux, reculèrent instinctivement, effrayés par ce spectacle macabre. Certains d'entre eux se retirèrent jusqu'à se retrouver coincés contre le mur, cherchant frénétiquement une issue de secours pour fuir cette taverne maudite.

Fléo Bleu, quant à lui, était plongé dans sa propre magie, souriant sadiquement alors qu'il contrôlait les créatures mortes-vivantes. Il était clair qu'il prenait un malin plaisir à terroriser les consommateurs, leur faisant regretter d'être entrés dans cet établissement maudit. Il fixait le vieillard d'un air mauvais, tandis que les squelettes morts vivants s'approchaient de lui en bondissant sur le sol.

Mais l'ancien n'était pas du genre à se laisser faire. Il se défendit avec bravoure, tentant de repousser les créatures avec son couvre-chef. Malgré ses efforts, les petits écureuils parvinrent à réduire en pièces la carte qu'il tenait dans son autre main, cherchant à la protéger.

C'est alors que Fléo Bleu soutint, avec sa voix forte et autoritaire. "Nous ne sommes pas de simples voyageurs sur qui vos arnaques de grand chemin vont fonctionner. Allez du balai avant que je fasse appel à de vrais revenants d'outre-tombe. "

Le vieil homme, frêle et frémissant, avait les yeux écarquillés d'effroi alors qu'il ramassait ses affaires en toute hâte. Il enfila son sac à dos en désordre, les mains tremblantes et les doigts qui se crispèrent autour des bretelles. Il avait à peine réussi à atteindre la porte de l'auberge quand Bino fit son apparition dans le cadre d'entrée, son regard noir et sa stature imposante déroutèrent l'individu qui recula de quelque pas.

"Ne, ne me faites pas, pas mal, pi, pi, tié…" bégaya le vieil homme en essayant de se frayer un chemin autour de la Gou-aillée, ses yeux écarquillés de terreur. Prenant toutes les précautions, dans l'espoir de sortir de la taverne en vie sans être touchés.

"Bino, pas faire mal à mouche," répondit-elle d'un ton étonné en voyant le gars paniqué.

Aile-d'or, qui suivait de près Bino, se retrouva bousculé par l'individu en fuite, qui voleta sur le dos en perdant son chapeau. Sans se soucier de le récupérer, il s'excusa précipitamment, le regard affolé, avant de disparaître dans les rues de la ville.

"Je me demande si je veux savoir pourquoi cet homme repartait la queue entre les jambes comme si le diable l'avait invité à souper," plaisanta Aile-d'or avec un sourire amusé.

Feragil, qui se tenait justement derrière lui, répondit à son tour en rigolant : "On vient seulement de débarquer dans cette auberge miteuse, avec ses murs qui menacent de s'effondrer et son odeur de rat mort. J'étais surpris que Fléo Bleu n'ait pas encore essayé de nous faire le coup des petits revenants. Je parierais mon cache-œil que c'est lui qui fait des siennes en utilisant ses trucs de passe-passe pour effrayer les touristes un peu trop curieux."

Aile-d'or haussa les sourcils, regardant autour de lui d'une aire faussement confus. "Mais c'est nous les touristes ici!" s'exclama-t-il finalement avec un rire moqueur.

Lorsqu'ils entrèrent dans l'auberge, les deux camarades furent immédiatement frappés par l'atmosphère lugubre qui y régnait. Tous les clients semblaient traumatisés, certains s'étaient même tellement écrasés contre les murs qu'on aurait pu les confondre pour des moulures de décoration.

Le barman, quant à lui, était terré derrière son comptoir, agrippant désespérément les bouteilles d'alcool comme un jeune enfant à son biberon pour se rassurer. La seule créature qui paraissait ravie de la situation était Note, qui se tenait debout sur un globe lumineux, comme s'il venait de gagner une bataille contre un adversaire invincible. Il brandissait le bras en l'air, fier de sa victoire.

Fléo Bleu, pour sa part, avait un sourire rayonnant de satisfaction sur le visage, comme s'il avait réussi une performance particulièrement impressionnante. Tamira, quant à elle, semblait exaspérée du spectacle qui s'était déroulé sous ses yeux, se demandant pourquoi les gens se laissaient effrayer aussi facilement.

Bino déclara à haute voix. "Bino a faim!" On entendit une bouteille tomber derrière le comptoir et une voix, répliquer en balbutiant. "Et vous mangez quoi?" sans se montrer le bout du nez.

Bino regarda autour d'elle avant de s'exclamer : "Tout! Bino a faim de tout!". Elle se mit à saliver en imaginant tous les plats qu'elle pourrait dévorer avec une expression féroce.

Tamira soupira et secoua la tête avant de s'adresser au barman. "Nous aimerions commander n'importe quoi qui est mangeable, s'il vous plaît."

L'homme marmonna quelque chose d'incompréhensible, mais Tamira en déduit qu'elle devait se rendre à la cuisine afin de faire son choix. Elle se dirigea donc vers l'arrière de l'auberge, suivie de près par les autres membres de son groupe.

La pièce était petite et sombre, mais Tamira pouvait sentir les effluves alléchants de plats en train de mijoter. Elle s'approcha de la seule personne présente pour passer sa commande, puis elle se tourna vers ses compagnons et leur demanda : "Qui veut quelque chose de différent?".

Feragil se gratta le menton en réfléchissant et finit par solliciter : "Avez-vous des fruits de mer ici?".

Le cuisinier haussa un sourcil dubitatif avant de répondre : "Des fruits de mer? Vous plaisantez, monsieur? Nous sommes à des jours de voyage de l'océan le plus proche!".

Feragil se frotta la tête, un peu déçu, avant d'exiger une assiette de leur meilleur gibier et de légumes frais. Les autres membres du groupe passèrent leur commande à leur tour. Sans attendre, le jeune cuistot s'activa et l'endroit était en pleine ébullition, les gamelles, sifflant et crépitant sur le feu.

Finalement, après un moment de préparation, les plats arrivèrent sur la table. Tamira se régala d'un ragoût de viande tendre et savoureuse, tandis que Feragil appréciait une belle tranche de rôti de bœuf juteux. Bino, quant à elle, engloutissait tout ce qu'elle pouvait attraper avec ses mains, laissant des miettes et des taches sur sa fourrure.

Aile-d'or, assis sur une chaise en bois massif, regarda Tamira avec curiosité pour finir pas y aller d'une question. "Tamira, enfin qu'est-ce que c'est cette petite boule de lumière?"

Le silence s'installa alors que tout le monde attendait la réponse de Tamira, mais Fléo Bleu ne pouvait pas s'empêcher d'intervenir. "Ce sont des âmes de moines." Tout l'entourage se tourna vers le lui, intrigué. "Il y a cinq types de moines qui font partie de la création d'un univers. Ce sont les témoins du temps."

Les compagnons se rapprochèrent, captivés par les révélations du nécromancien. Puis, le petit renard Note se mit à affirmer. "Note connaît bien les moines célestes… Oui! Oui! Note sait qu'il y a les moines Serviteurs, Protecteurs, Nettoyeurs, Calculateurs et les moines porteurs de malheur. Mais Note ne connaît pas, moines bouboule turquoise."

Fléo Bleu enligna Note d'un regard furieux et répliqua. "Le dernier type de moine est les moines prophétiques." Les flammes de la cheminée crépitèrent alors que la tension montait dans la salle.

Note, un peu décontenancé, s'excusa. "Oh! Note désolé si Note a volé l'histoire de Fléo."

Le vieux Drumain soupira, ses yeux plissés de fatigue. Il cligna et récita une incantation en vieux langage. Suivi par cinq petites boules éclatantes qui apparurent autour du lui, illuminant la pièce d'une lueur douce.

Tout à coup, l'éclairage se tamisa à en devenir sinistre et des bruits étranges retentirent dans l'opacité. Des craquements, des grondements et des grognements se firent entendre, venant de toutes les directions. Les cheveux de Bino se dressèrent sur sa tête alors qu'elle tentait de distinguer ce qui se cachait dans l'ombre.

Soudain, des créatures gigantesques et cauchemardesques apparurent, se matérialisant lentement à partir de l'obscurité.

Les clients étaient tellement effrayés que certains d'entre eux restaient encore accrochés aux planchettes du mur. L'un d'entre eux, un habitué de beuverie, tremblait comme une feuille en murmurant des prières à voix basse.

Le barman, quant à lui, était allongé sur le sol, inconscient. Sa femme, qui travaillait également dans l'établissement, se tenait à ses côtés en pleurant.

Fléo Bleu, voyant que ses compagnons étaient toujours en état de choc, décida de prendre la parole pour les rassurer : "Ne vous inquiétez pas, mes amis. Ces créatures ne sont pas ici pour nous faire du mal. Elles sont juste là pour m'accompagner. Tout va bien se passer."

Tamira, qui avait déjà aperçu ces êtres étranges sortir du portail du monde des morts lorsque Fléo Bleu avait été puni pour avoir enfreint les lois de la nature, acquiesça d'un signe de tête.

C'est alors que l'un des clients, un vieux marin à en juger par son accoutrement douteux, était de toute évidence ivre mort. Il se leva du plancher en titubant et s'exclama avec une voix pâteuse : "Je suh suh prêt à affronter n'impohhhte quoi, du moment que, que je peux continuer à voire, eh boire mon rhum!" avant de retomber au sol comme une pierre.

Fléo Bleu et ses compagnons échangèrent un regard étonné, mais ils se mirent à moquer en voyant la détermination du navigateur. "Eh bien, mes amis, voilà un client fidèle!" dit Fléo Bleu en riant, "On devrait lui fournir une barrique de rhum pour son courage!"

Feragil toisa Fléo Bleu et demanda d'un air perplexe : "Si ce sont les âmes des moines…" Il tourna ensuite son attention en direction de Tamira pour continuer. "Où as-tu trouvé le tien?"

Fléo Bleu répliqua : "C'est justement là où nous en étions avant que vous arriviez."

"C'est mon frère qui me l'a donné lorsque je suis allé à sa rencontre cette nuit." Répondit-elle.

Bino n'avait aucun intérêt pour la conversation et était assise sur le sol en compagnie de Note, qui s'amusait à voler dans les airs sur le dos de la petite forme bleue accompagnée des autres qui suivaient le nécromancien partout où il voyageait.

Aile-d'or reprit : "Mais si tu as vu ton jumeau, où est-il maintenant? Pourquoi n'est-il pas avec nous?"

Tamira se mordit la lèvre pour retenir ses larmes, incertaine de la véracité de ses souvenirs. "Mon frère… Je ne suis pas sûre. C'est la seule preuve qui me fait croire que ce n'était pas le fruit de mon imagination."

Fléo Bleu la regarda, son visage trahissant sa tentative de chercher dans sa mémoire lointaine. Puis, avec hésitation, il finit par dire : "Il est dans les Vournirs, n'est-ce pas? Il t'a remis l'un de ses protecteurs pour ce monde. Ça doit venir de Nivie!"

Sans attendre de réponse, il reprit : "Je me souviens maintenant, cela fait très longtemps. Je l'ai croisé à plusieurs reprises dans le passé, il était arrivé chez moi. À chaque occasion, il faisait partie d'un futur lointain différent." Tous le regardaient avec une expression d'incompréhension. "Nous avons ainsi rattrapé l'un de ces moments. J'ai donc rencontré Firamire du présent lors de l'une de ses visites dans l'histoire. Laquelle, je ne pourrais le dire. Il reste à voir si son choix fut le bon."

Tamira le fixait et réclama. "Quel choix?"

Le barman, qui se réveilla en état de confusion, demanda à sa femme: "On a commandé quelque chose?"

Chapitre 5

Une Nouvelle Évolution

"Ça fait des mois que je travaille sur cette incantation d'écureuil et je n'y arrive toujours pas. Le plus près auquel j'ai été de ramener quelque chose à la vie, doit être ta cuisine infecte qui me remonte dans le gosier", se plaignit Firamire.

Fléo Bleu le regarda avec compassion. Ils se trouvaient dans un petit atelier sombre, rempli de grimoires, d'herbes et d'objets étranges. Des bougies parfumées brûlaient doucement dans un coin de la pièce, créant une ambiance mystique et apaisante. Il savait à quel point l'approche de la nécromancie pouvait être laborieuse, surtout pour un jeune apprenti comme Firamire qui ne l'avait jamais pratiquée.

"Le temps n'a pas d'importance ici." Répondit Fléo Bleu. "Il est vrai que le passé a bien souvent mauvais goût, mais ma cuisine n'a rien à avoir dans tout ça. Il te suffit de vouloir ramener une personne que tu aimes à la vie du plus profond de ton cœur et de focaliser tout cet amour sur le sortilège. Tu connais pratiquement toutes les formules par cœur, mais il faut que tu y mettes ton âme."

Firamire s'apprêtait à invoquer une ancienne évocation funèbre adaptée à la sauce humoristique de son oncle, celle qui était utilisée pour rassembler des revenants de bêtes sauvages. Fléo Bleu se rappela qu'il avait inventé lui-même cette incantation lorsqu'il était jeune et inexpérimenté, avec des résultats désastreux. L'une de ses tentatives avait fait revivre un essaim d'abeilles géantes qu'il n'arrivait pas à contrôler, sans l'intervention de son père, il aurait fini au fond d'un alvéole enduit de cire. Dès lors, il s'en servait pour jouer des tours tordus au non-initié dès qu'il en avait la chance.

Les petits osselets des rongeurs se mettaient à s'animer d'une danse macabre, attirant l'attention de Fléo Bleu qui sauta de peur. Sans perdre de temps, il formula une incantation de protection et ramassa un pot de cendre et de terre consacré qu'il lança sur les ossicules du sort qui se figèrent immédiatement.

Il avait reconnu le tempo funeste de ses petites bestioles. Firamire avait fait appel à un souvenir sombre et traumatisant pour faire revivre ses morts. Son oncle Fléo Bleu n'avait pas voulu l'aviser de cette éventualité. Croyant qu'il éviterait de s'y tenter s'il apprenait que la haine et les événements sombrent pouvait également servir de vecteur à la nécromancie. De toute évidence, sa stratégie lui avait fait défaut. Il devait s'assurer que son neveu ne ferait pas l'erreur de recourir à cette option, car le prix à payer n'avait rien de banal. Il l'avait découvert à son propre détriment et avait dû lui-même acquitter un terrible tribut.

Fléo Bleu prit une grande inspiration et s'approcha de Firamire avec douceur. "Écoute-moi bien, mon cher neveu. La magie est un pouvoir immense, qui peut être manipulé pour le bien ou pour le mal. Il est important de ne jamais l'utiliser dans un état d'esprit négatif, comme la colère ou la haine. Les conséquences peuvent être terribles et irréversibles."

Firamire hocha la tête, semblant avoir compris la gravité de la situation. "Je suis désolé, oncle. Je ne voulais pas mettre en danger qui que ce soit. Je vais faire plus attention à l'avenir."

Fléo Bleu sourit, rassuré par la réaction de son neveu. "Très bien, Firamire. Maintenant, reprenons où nous en étions. Concentre-toi sur l'affection que tu portes à la personne que tu désires ramener à la vie. Visualise-la dans ton esprit, et laisse cette énergie positive t'envahir. Ensuite, récite l'incantation nécessaire avec toute ta conviction et ta puissance intérieure. Crois en toi, et en la magie. Tout est possible si tu y mets tout ton cœur."

"C'est pourtant ce que j'ai fait. J'avais utilisé l'amour que j'ai pour ma mère." Répondit-il.

Fléo Bleu se mit à cogiter sur cette révélation. Tout devint limpide. Autant, elle pouvait être une représentation d'affection, elle demeurait également une très grande source de chagrin. "Je vois." Dis finalement Fléo Bleu. "Mais l'amour peut parfois être empoisonné par la tristesse, la colère ou la culpabilité. Ces émotions peuvent altérer l'énergie de l'incantation et empêcher son bon fonctionnement. Tu dois être sûr que ton sentiment est pur et inconditionnel, sans aucune autre variation qui viendrait le corrompre."

Firamire hocha la tête, comprenant les paroles de son oncle. Il savait que son attachement pour sa mère était sincère, mais il avait encore du mal à se débarrasser de la douleur qu'il ressentait à l'idée de ne pas avoir pu la garder. Fléo Bleu lui tendit une tasse de thé fumante et lui fit signe de s'asseoir.

"Prends le temps de méditer et de te recentrer sur toi-même, Firamire. Il est important que tu sois en paix avec toi-même avant d'essayer à nouveau. Et n'oublie pas, la magie est une force puissante et dangereuse. Elle doit être maniée avec précaution et humilité."

Firamire acquiesça, buvant une gorgée de thé chaud et apaisant. Il jugeait que son oncle avait raison. Il devait prendre le temps de se recentrer et de purifier son amour avant de tenter une nouvelle incantation d'écureuil. Il savait également que la sorcellerie était une énergie à respecter, et qu'il devait être prudent dans ses techniques pour éviter tout accident ou conséquence imprévue.

Ensemble, ils continuèrent leur travail dans l'atelier, plongés dans le monde mystique des sciences occultes. Il lui avait suggéré de trouver autre chose pour lequel il vouait de l'affection.

Après quelques heures de pratique, il n'arrivait toujours pas à réanimer la moindre poussière.

Le professeur s'était assoupi sur une vieille chaise berçante en bois, la tête en arrière et les pieds reposant sur un vieux baril vide d'hydromel. Le soleil qui commençait à se lever, filtrait déjà à travers les fenêtres poussiéreuses, éclairait légèrement les murs de l'atelier, laissant émerger les grimoires qui y étaient accrochés. Des plantes séchées et des herbes étaient suspendues au plafond, ajoutant une note de couleur à la pièce sombre.

Soudain, Firamire aperçut quelque chose bouger dans l'amas de reste animal qui jonchait le sol, provoquant un frisson le long de son échine. Le grincement sinistre des os qui se frottaient les uns contre les autres ne faisait qu'accentuer le caractère lugubre de l'endroit. Il fixa intensément le tas, tentant de déterminer si son imagination lui jouait des tours ou si c'était bien réel.

Fléo Bleu, quant à lui, fut brusquement réveillé en sursaut par un léger bruit de claquement qui s'amplifiait. Il scruta autour de lui, désorienté, cherchant à comprendre ce qui se passait.

Finalement, il aperçut le sourire ravi de Firamire qui le regardait en pointant le plancher, où ils remarquèrent un minuscule bras qui dansait dans les airs, répondant aux désirs de son invocateur. L'ombre de la main formait à tour de rôle des animaux sur les lattes de bois du mur.

Avec un ricanement partiellement étouffé, Fléo Bleu rétorqua : "C'est tout ce que tu arrives à faire? Une simple main munie d'un bras?"

Firamire, visiblement déçu, ramena son attention sur la portion du squelette, comme si celui-ci ressentait le désappointement du Drumain. Le bras s'orienta dès lors en direction de son oncle, mimant une bouche qui n'arrêtait pas de parler, puis changea pour lui faire un doigt d'honneur avant de retomber inerte sur le plancher. Les ombres semblaient s'agiter dans tous les sens, ajoutant au caractère sombre.

Le nécromancien, encore ébahi par ce qu'il venait d'entrevoir, se frotta les yeux pour s'assurer qu'il ne rêvait pas. Il avait vu des choses étranges auparavant, mais cette manifestation était nouvelle pour lui. Il s'exclama alors, d'une voix hésitante : "Oh. Ça, c'est de l'inédit."

Firamire, perplexe, demanda aussitôt : "De quoi parlez-vous?"

Fléo Bleu se tourna vers lui pour expliquer : "Les ombres, mon cher. Les… ils ont prient, vie. Elles ont commencé à bouger de manière singulière, comme si elles étaient animées par une force mystérieuse, indépendante de la main. C'est incroyable!"

Firamire se redressa lentement, ajustant son regard sur son oncle qui lui faisait désormais face avec insistance. Le jeune homme se demanda brièvement s'il avait fait quelque chose de mal.

"Refaites-le!" Réclama-t-il en pointant du doigt l'endroit où Firamire avait animé l'un des petits membres squelettiques quelques instants plus tôt.

Firamire fronça les sourcils, incertain de ce qui ne convenait pas dans sa tentative d'invocation incomplète. Puis il porta son attention sur ses mains, ouvrant le point à quelques reprises. Un sourire sournois se dessinant tranquillement sur son visage.

Fléo Bleu reconnu tout de suite l'expression du gamin, cette face de malcommode était en tout point une copie conforme de celle de son père Ducan. Pour l'avoir vu à mainte reprise l'afficher à chaque fois qu'il s'apprêtait à faire un coup pendable.

Lentement, Firamire leva le poing en direction de son oncle, les yeux dans les yeux sans dire un mot, inclinant la tête sur le côté légèrement tout en soulevant au même rythme l'index s'apprêtant à demander si le doigt d'honneur était ce qu'il désirait.

Mais avant qu'il puisse énoncer la question, Fléo Bleu reprit d'un ton vigoureux. "Ce que tu viens de faire, voyons. Ton incantation sommaire. Mais cette fois, ajoutez-y plus de puissance. Plus de passion. Plus! Plus! Plus!"

Firamire acquiesça lentement, croyant que son oncle se moquait de lui, pourtant, il se remit néanmoins en position. Il ferma les yeux, se concentrant sur l'énergie qui coulait en lui.

Lorsqu'il rouvrit les paupières, Firamire fut étonné de voir un écureuil complet, bondissant autour de lui. Il constata qu'une ombre gigantesque se mouvait sur le mur d'en face, indépendamment du petit animal, comme animé d'une vie et d'une volonté qui lui étaient propres.

Il jeta un coup d'œil autour de lui et s'aperçut que son oncle avait mystérieusement disparu, laissant derrière lui une chaise vide. Soudain, un vacarme de livre tombant violemment sur le sol retentit dans la pièce d'à côté. Il entendit son oncle s'exclamer : "Je suis certain d'avoir déjà lu sur ce sujet, ça s'appelait la danse des os ou la valse des morts... quelque chose du genre."

Fléo Bleu revint dans l'atelier d'expérimentation rejoignant Firamire en verbalisant avec excitation : "Je savais que j'avais vu cela quelque part. Pas ça, pas ça! Eh, pas ça non plus!" Tenant un vieux livre poussiéreux, il défila les lignes de son index l'une après l'autre, passant près de trébucher sur un amas de grimoires qui jonchait le sol. Sans s'arrêter ni regarder devant lui, il déclara : "Je t'annonce que ton énergie est verte en passant. Ce n'est pas rien non plus. C'est une excellente nouvelle, la première version de toi avait une énergie orange brulée, qui n'a rien de bon."

Firamire leva un sourcil intrigué et s'approcha de Fléo Bleu pour observer ce qu'il avait découvert. Le livre semblait vieux et usé, sur le point de tomber en lambeau, mais les écritures étaient claires et nettes. Le nécromancien parcourut rapidement les pages et finalement s'arrêta, le doigt sur l'une d'entre elles, s'écriant : "Par la queue du chat, juste ici, j'ai trouvé! On dirait une nouvelle évolution."

Chapitre 6

Pierre dans l'Engrenage

Fléo Bleu avait quitté la compagnie de ses camarades à toute vitesse, les abandonnant sur place sans leur donner la moindre explication. Tamira et Noxys se retrouvaient seuls dans la taverne, autour d'une vieille table en bois recouverte d'assiettes vides. Feragil et Bino étaient sortis vérifier les préparatifs pour la dernière partie de leur voyage, tandis que Note avait rejoint le bras de sa propriétaire et Aile-d'or s'était envolé pour une chasse au petit gibier. Ils attendaient le retour du nécromancien avec impatience, mais il ne venait pas. Les minutes s'écoulaient lentement, et l'atmosphère devenait de plus en plus tendue. Les autres clients de l'endroit semblaient nerveux, jetant des regards inquiets vers la porte à chaque fois qu'elle s'ouvrait.

Tamira se leva finalement de sa chaise, faisant grincer le bois sous son poids, et s'approcha du bar pour parler avec l'employé au comptoir. Elle souhaitait qu'il puisse lui donner des informations sur la direction où son camarade avait disparu. Vu qu'il s'était entretenu avec lui avant son départ, elle pensait qu'il pourrait avoir des pistes.

Le tavernier la regarda d'un air soucieux. "Je ne sais pas où il est allé et j'espère qu'il va garder ses distances, il n'est pas bon pour la réputation de l'auberge", répondit-il d'une voix grave. "Mais il y a eu des rumeurs de créatures mortelles dans la région ces derniers temps. Peut-être qu'il est tombé sur elles."

La porte de la taverne s'ouvrit brusquement et Aile-d'or entra en trombe, pompé. Tamira et Noxys se retournèrent, surprises par l'apparition soudaine de leur ami. Note, quant à lui, il se mit à miauler en signe d'appréhension.

"Que se passe-t-il?" demanda Tamira, inquiète.

"J'ai vu quelque chose d'étrange en volant au-dessus de la forêt. J'ai aperçu des gardes du village qui emportaient Fléo Bleu vers la place du marché", répondit Aile-d'or, essayant de reprendre son souffle.

Tamira et Noxys restèrent bouche bée en entendant l'annonce. À ce moment-là, la porte s'ouvrit à nouveau et Feragil entra dans la taverne. "Je viens de recevoir des nouvelles inquiétantes", dit-il. "Des passants m'ont informé que des gardes ont arrêté Fléo Bleu. Ils l'accusent d'avoir saccagé une pièce de l'auberge et volé une relique sacrée qui y était conservée."

"Nous devons faire quelque chose pour l'aider", s'exclama Tamira, considérant du regard ses compagnons.

Feragil soupira, "Et voilà, c'est exactement ce que je craignais. Fléo Bleu attire toujours des ennuis, même quand il ne le cherche pas."

Tamira, Noxys et Feragil se scrutèrent, déterminés à secourir leur ami Fléo Bleu à prouver son innocence.

Le tavernier les arrêta avant qu'ils franchisent la porte en leur apprenant. "Si vous voulez économiser du temps, allez directement à la préfecture. C'est sûrement là qu'il le séquestre."

Aile-d'or lui sourit tout en lui lançant un Draglions et dit. "Merci monsieur."

Attrapant la pièce d'or au vol l'homme rétorqua. "Ne me remerciez pas. Le plus tôt que vous soyez parti le plus calme l'endroit redeviendra."

Ils quittèrent la taverne et se dirigèrent vers la maison du magistrat municipal, où il était détenu. Lorsqu'ils arrivèrent, ils virent que Fléo Bleu était entouré de gardes armés jusqu'aux dents. Tamira s'approcha et tenta de discuter avec l'un d'eux pour les convaincre de laisser Fléo Bleu s'expliquer.

"Mais que faites-vous là?" s'exclama l'un des gardiens. "Nous avons arrêté ce voleur en flagrant délit!"

Fléo Bleu prit la parole, "Je ne suis pas un vulgaire voleur, jeune poltron. Cette pierre est en réalité à moi, mon seau ensorcelé est situé en dessous d'elle. Je ne pouvais donc pas le dérober puisqu'elle m'appartient."

Les vigiles acceptèrent de vérifier à contrecœur, et après avoir retourné la pierre, ils découvrirent effectivement le label magique de Fléo Bleu en dessous. Un autre garde se moqua de lui, "Ha! Je reconnais la marque. Comme si nous allions croire ça! Vous essayez juste de vous en sortir en inventant des histoires. Comme si une loque humaine comme toi pouvait être le Grand Nécromancien."

Le décor de la maison du maire était sombre, avec des murs en roche brute et des lumières tamisées. On pouvait entendre des pas lourds de gardes en armure résonner sur le sol de bois. Le dirigeant se tenait debout près de la cheminée, son visage exprimant la consternation.

"Je me présente, je suis Aubelame, le patron de ce patelin. Je crois que nous avons fait une terrible erreur", dit-il, gênée. "Relâchez-le sur le champ." Ordonna-t-il d'un mouvement du bras.

Fléo Bleu s'approcha prudemment du surveillant qui possédait son bien, sa main tendue pour reprendre sa bien précieuse. Il jeta un rapide regard au maire, un sourire de gratitude aux lèvres, avant de hocher discrètement la tête pour lui signifier sa reconnaissance.

Le garde tenait la pierre dans son gant de cuir, examinant la gemme avec méfiance. Il semblait hésiter à la rendre à Fléo, conscient que cet objet avait été au centre de toutes les tensions qui agitaient le village de Tricord.

Cependant, après un instant de réticence, le garde finit par céder et tendit la pierre au nécromancien avec précaution. Fléo la saisit avec un soupir de soulagement, sachant que cet artefact était très important pour leur voyage.

Fléo Bleu déposa l'objet dans sa poche, il jeta un dernier regard reconnaissant au maire avant de se fondre dans la foule, déterminé à se mettre en route le plus tôt possible.

Mais le guet en chef barra le chemin de Fléo Bleu, l'empêchant de partir et dit. "Rien ne nous confirme son identité. Ça pourrait être tout simplement un imposteur."

Le maire haussa le ton envers son garde et riposta. "Je suis l'intendant du people ici et vous ferez ce que j'ordonne. De plus, il concorde avec toutes les descriptions que j'ai en souvenir. Attendez-vous qu'il vous afflige des martyrs jusqu'à la mort pour vous ramener et vous faire souffrir de nouveau?"

Fléo Bleu, irrité, s'exclama : "Tu t'enlèves de mon chemin, le décuvisagé!"

Le gardien, perplexe, demanda : "De quoi tu m'as traité? Qu'est-ce que ce mot signifie?"

Fléo Bleu répondit d'un ton moqueur : "Chez nous, on s'assoit dessus, mais il faut croire qu'il y a des places où on lui greffe un nez."

Le garde, de plus en plus furieux, s'écria : "Comment osez-vous me parler de cette façon? Vous manquez de respect envers moi!"

Fléo Bleu, imperturbable, rétorqua : "Je n'ose rien du tout. Vous devriez plutôt vous faire retirer cette verrue géante entre les deux fesses qui vous sert de nez. Vous avez un sacré beau cul sur les épaules, vieux sac à merde."

En dépit des ordres du maire, le garde clamait des instructions contraires : "C'est inacceptable! Gardes, saisissez-vous de lui!"

Les vigiles se précipitèrent vers Fléo Bleu pour l'arrêter, mais ses deux amis le levèrent de terre et commencèrent à courir en direction de la sortie. Fléo Bleu réussit tant bien que mal à se libérer d'un bras tout en étant transporté au loin. Il se retourna pour regarder son interlocuteur à la renverse et lui tira la langue en grimaçant. D'un geste de la main, il fit semblant de vomir en répétant : "C'est juste de la merde qui sort de cet exubération inutile qui ressort d'entre tes deux épaules… sac à merde…" Finissant son geste avec un ultime doigt d'honneur et un sourire mesquin, ils disparurent rapidement hors de vue. Les gardes étaient trop lents pour les attraper et ne pouvaient que regarder impuissants alors que les fugitifs s'évanouir dans la nuit.

Aubelame se tenait debout sur le perron de la mairie, une imposante bâtisse en pierre taillée ornée de colonnes de marbre blanc. Derrière lui s'étendait le village de Tricord, ses maisons en bois aux toits de chaume alignées le long des rues étroites. Les arbres fruitiers des vergers voisins formaient un tapis verdoyant à perte de vue.

Le maire cria d'une voix forte qui résonna dans toute la paroisse. "Garde à vos postes!", en pointant du doigt le Drumain, responsable de la sécurité de la localité. Il reprit avec autorité. "Et vous, vous venez de perdre votre vocation. Qu'on vous relève de vos fonctions immédiatement. N'avez-vous aucune conscience que si ce nécromancien voulait, il pourrait raser à lui seul le village Tricord tout entier d'une seule main!"

Il marqua une pause dramatique, scrutant la foule rassemblée devant lui, avant de poursuivre avec gravité. "Et que dire de ses amis... Une Gou-Aillée les accompagne, il semblerait. Cette créature mythique que jusqu'ici, je croyais être une légende!"

Aubelame se retourna, faisant la sourde oreille aux contestations du garde, et ajouta sur un ton alarmant. "Nul autre qu'un magicien très puissant ne peut se trouver en compagnie d'une telle créature. Nous devons les laisser partir et espérer qu'ils n'ont pas été offensés par vos accusations!"

La place du seigneur était remplie de villageois, tous terrifiés par les révélations du maire. Certains murmuraient des prières, tandis que d'autres se consultaient entre eux. La guerre n'était pas loin et avait été épargnée jusqu'ici, mais ils ne souhaitaient pas la voir de proche et faire partie de cet engrenage mortel.

Au loin, Fléo Bleu pouvait comprendre la crainte et la méfiance de certains membres de ce petit village. Acculé aux frontières de l'affrontement, la peur constante au ventre qu'elle ne les rejoigne à tout moment, ce bled miteux n'avait rien pour faire face à un seul nécromancien, encore moins à toute une armée. Il ne cherchait qu'a se défendre du mieux qu'il le pouvait.

Chapitre 7

Un Dernier Adieu

Ducan se tenait devant la tombe de ses deux fils aînés, le regard plongé dans une douleur indicible. Les arbres avaient revêtu leur parure automnale, les feuilles mortes s'amoncelaient en un tapis bruyant sous les pas des invités qui s'étaient rassemblés pour la cérémonie funèbre.

Les trois frères avaient perdu la vie dans une guerre lointaine, emportés par une violence qui les avait arrachés à leur famille et à leur foyer. Ducan, le seigneur du domaine, avait tout donné pour protéger ses enfants, mais la cruauté des conflits avait finalement eu raison de son cœur.

Le père fixait les cercueils de ses fils avec un mélange de tristesse et de colère, les mains crispées sur le pommeau de son épée.

Soudain, un vent glacial souffla sur le cimetière, faisant frissonner les participants qui se collèrent les uns contre les autres. Ducan se mit à parler d'une voix ferme et solennelle : "Mes fils, vous êtes partis trop tôt, trop vite, arrachés à moi par la cruauté de la guerre. Vous avez sacrifié votre vie pour notre royaume, pour notre liberté, mais… à quel prix? Cette liberté a toujours réclamé une rétribution de sang et aujourd'hui c'est nous qui payons cette dette avec votre jeunesse."

Les témoins restèrent silencieux, le cœur lourd, les yeux rivés sur le seigneur qui continuait : "Je donnerais tout ce que j'ai pour que vous soyez encore là, pour que je puisse vous serrer dans mes bras, pour que je puisse vous dire, oh combien je suis si fier de vous, combien je vous aime. Votre visage sera à jamais gravé sur ma pierre. Ce diamant que vous aurez contribué à forger. Lorsque vous me manquerez, il me suffira de jeter un oeil sur mon cœur pour y voir que vous êtes à mes côtés. "

Les invités sentaient les larmes couler sur leurs joues, émus par les paroles de Ducan qui pleurait désormais sans retenue. Il s'agenouilla devant les cercueils de ses fils, posa sa main sur le bois glacé, puis se releva lentement.

Ducan fit signe à deux hommes d'abaisser les boites finement travaillées et décorées dans la tombe creusée à même la terre. Le monde regarda la scène, le cœur serré, les yeux emplis de chagrins.

Ducan prit ensuite une pelle et se mit à recouvrir le sarcophage, chaque pelletée faisant résonner le son mat de la terre sur le bois du cercueil. Les invités restaient immobiles, le souffle coupé, les mains jointes dans un ultime adieu.

Finalement, Ducan se tourna pour faire face à tous, les yeux rougis par les larmes, et dit d'une voix anéantie : "Mes fils étaient des héros, des guerriers valeureux qui ont donné leur vie pour notre liberté. Mais je suis un père brisé, un parent qui n'a pas pu les protéger, qui n'a pas pu les retenir."

Les dragons avaient été incinérés sur place pour faciliter leur transport jusqu'au domaine familial. Les urnes avaient été posées sur une table près de la tombe, dans un lieu où la lumière de la lune pouvait les illuminer. Les flammes de la torche vacillaient doucement, créant une ambiance mystique dans le cimetière.

Ducan s'approcha des vases, les mains tremblantes. Il fixa un instant les symboles gravés sur le métal avant de reprendre la parole d'une voix grave : "Mes fils, vous aimiez vos dragons comme s'ils étaient vos propres enfants. Ils vous ont suivi et protégé jusqu'à la fin de leurs jours. Aujourd'hui, je vous rejoins pour honorer leur mémoire, pour que leur esprit puisse continuer de veiller sur vous, où que vous soyez."

Le seigneur souleva à ce moment-là un pot contenant les cendres de l'un des deux dragons et versa la teneur dans l'une des ouvertures, en prononçant quelques mots dans une langue ancienne, connue seulement de lui et de son clan. Il répéta pour le second récipient. Les flammes de la torche dansèrent alors, comme si elle se répondait à l'hommage rendu aux compagnons de ses fils.

Les invités, eux, étaient émus par la scène. Les dragons étaient de la famille, et honorer leur mémoire était un acte sacré. Ils se recueillirent en silence, laissant Ducan achever son rituel.

Le seigneur se tourna à nouveau vers les personnes présentes, une lueur de désir dans les yeux : "Mes amis, je sais que mes enfants ne sont plus là, mais leur esprit est éternel. Ils vivront à jamais dans nos cœurs et dans nos souvenirs. Et maintenant, je vous invite à honorer leur mémoire à votre manière, en pensant à eux chaque fois que vous regarderez les étoiles dans le ciel."

La cérémonie était à présent terminée, et Ducan resta un moment devant les urnes vides, égaré dans ses réflexions. Il avait perdu ses trois ainés dans une guerre reculée, loin de leur foyer et de leur famille. Les dragons avaient été leurs plus fidèles compagnons, et leur disparition avait été déchirante pour tous ceux qui les avaient connus.

Ducan se remémora les visages de ses fils, leur sourire, leur courage, leur détermination. Il aurait tellement aimé que sa fille Tamira soit à ses côtés pour partager ce moment douloureux, mais elle était partie en quête d'aventures, à la recherche de son frère jumeau.

Le seigneur éprouva alors une présence près de lui et tourna la tête pour voir sa femme défunte, qui le regardait avec tendresse. Il sentit son cœur se serrer d'émotion et murmura : "Je suis désolé de n'avoir pu les protéger, mon amour."

La voix de sa Shina résonna à ce moment-là dans son esprit : "Tu n'as pas à être affligé, mon cher. Tu as tout fait ce que tu pouvais. Tes fils étaient des dragonniers courageux et des hommes bons. Ils vont maintenant me rejoindre dans l'au-delà, et ils veilleront sur toi et sur notre fille."

Ducan sourit, sentant une paix intérieure l'envahir. Il ressentait la présence de ses enfants et de leurs compagnons autour de lui, comme s'ils étaient toujours là, à le protéger et à le guider. Il murmura une prière en leur honneur, avant de se relever et de quitter le cimetière, sachant qu'il ne serait jamais vraiment seul tant qu'il aurait le souvenir de ses fils et de leurs dragons avec lui.

Ducan se mit à tousser violemment, se tenant la poitrine, tandis que les habitants du domaine s'approchaient de lui, inquiets. L'un des Mains-de-Fers à ses côtés lui offrit son aide, lui demandant s'il avait besoin d'assistance.

Fiona arriva à son tour et s'empressa à le sermonner, n'ayant pas la langue dans sa poche. Elle lui ordonna d'aller se reposer à l'intérieur, promettant qu'on lui apporterait un breuvage chaud pour le réconforter.

Ducan secoua la tête, essayant de reprendre son souffle. "Je vais bien, ne vous en faites pas." Déclare-t-il d'une voix rauque.

Mais les habitants du domaine n'étaient pas convaincus et continuèrent à le harceler de questions, soucieux de sa santé. Ducan finit par céder et accepta de rentrer, aidé par les Mains-de-Fers.

Une fois à l'intérieur, il s'installa dans son fauteuil favori, laissant son regard errer sur les murs de la pièce, couverts de trophées de chasse et d'armes anciennes. Il se sentait soudain très fatigué, épuisé par la cérémonie et la perte de ses fils.

Fiona arriva bientôt avec un bol fumant de bouillon chaud, qu'elle lui tendit avec précaution. Ducan prit la coupe entre ses mains et huma l'odeur réconfortante de l'élixir.

"Merci, Fiona!" Prononça-t-il en souriant faiblement.

Chapitre 8

Carnage aux Frontières

Fléo Bleu se cramponnait fermement aux écailles dorsales de Noxys, qui l'emmenait en altitude. "Je ne comprends vraiment pas pourquoi j'ai été obligé de voyager sur le dos d'une créature ailée! Je ne suis pas fait pour voler comme ça!", pestait-il en regardant en bas, l'air effrayé. "Je préfère largement marcher sur le sol."

Le petit renard à ses côtés bondissait joyeusement de haut en bas. "Note adore voltiger! Note trouve ça tellement palpitant!", s'exclamait-il en agitant la queue. "Note est tant reconnaissant d'avoir une dragonne aussi fabuleuse que Noxys pour nous emmener dans les nuages!"

Noxys lâcha en pensée à Tamira. "Déjà, que nous étions coincés avec notre archéologue nasal, il faut en plus se taper ce vieux paquet d'os geignard."

Tamira, souriait en regardant Note. Elle aimait bien sa petite excitation, même si elle pouvait parfois être un peu trop. "Tu as raison, Note, c'est vraiment incroyable", dit-elle avant de contempler le paysage qui défilait en dessous d'eux. "On peut voir tout le monde d'ici, c'est magnifique." Pour finir avec une pensée en retour. "On est bientôt arrivé, le cauchemar va prendre fin. Éventuellement."

Feragil, quant à lui, se tenait sur le dos de Bino et observait silencieusement le panorama. Il était redevenu de nature sérieuse et préférait réfléchir plutôt que de s'exprimer verbalement.

Aile-d'or, qui se trouvait non loin d'eux sur son griffon, acquiesça : "Le vol peut être une expérience incroyablement libératrice. Tu devrais essayer de te détendre, Fléo Bleu, et de profiter de la vue."

Fléo Bleu leva les yeux pour jeter un coup d'œil à Aile-d'or et secoua la tête. "Je ne sais pas comment tu peux aimer ça, Aile-d'or. Pour moi, c'est juste terrifiant", dit-il en serrant encore plus fort contre le dos de Noxys.

Malgré les plaintes de Fléo Bleu, les grognements de Note et l'attitude silencieuse de Feragil, les huit compagnons continuèrent leur voyage à travers les cieux, guidés par le Mains-de-Fer. Ils étaient en route vers une nouvelle aventure qui les attendait, et rien ne pouvait les arrêter, pas même les différences d'opinions entre eux.

Feragil observa attentivement l'horizon et pointa du doigt une région à l'ouest. "À partir d'ici, soyez sur vos gardes. Nous nous approchons de la zone de combat", avisa-t-il ses camarades d'une voix calme, mais ferme.

Les autres acquiescèrent silencieusement, se préparant mentalement à ce qui pourrait suivre. Tamira étreignit Noxys un peu plus fort, tandis que Note fit une série de saltos acrobatiques sur le dos de la dragonne.

Fléo Bleu ronchonna : "Il était temps qu'on arrive, j'en peux plus de ce périple sur le dos de Noxys. Je n'ai jamais aimé voyager sur les créatures volantes, et j'ai le cul au carré!"

Note, qui avait pris le crâne de Noxys comme perchoir, leva les yeux vers Fléo Bleu et lui sollicita avec agacement : "Note se demande comment Fléo Bleu peut avoir un cul au carré alors que tu es un nécromancien ? Note comprend pas, vieux fossile manipules les forces de la mort, pas la forme de fesses."

Fléo Bleu soupira et se gratta la tête : "Je n'ai pas dit..." Il se ravisa l'instant d'une seconde, et reprit. "C'est comme ça. J'ai des talents cachés, c'est tout."

Note, toujours aussi agité, se mit alors à courir en rond sur le dos de la dragonne, en hurlant son nom : "Note! Note! Note!"

Aile-d'or soupira et tenta de calmer le petit renard : "Note, arrête de galoper partout comme un fou. Tu vas finir par tomber. Ou encore pire, tu pourrais attirer l'attention sur nous."

Feragil, de son côté, gardait un œil attentif sur l'horizon, prêt à donner l'alerte en cas de danger imminent. Ils étaient bientôt arrivés à destination et il savait que la situation pouvait devenir très vite périlleuse.

Les voyageurs s'approchaient du campement allier, mais l'air était lourd de silence. Les dragons, habituellement volubiles, semblaient préoccupés et chuchotaient entre eux. Les tentes et les structures étaient éparpillées, certaines écrasées comme si un grand tumulte avait eu lieu. Des pégases solitaires paissaient dans un coin, leurs cavaliers absents. Le cadavre d'une grosse tarentule gisait aux abords du cantonnement, les pattes sectionnées de son prosoma, l'abdomen éventré. Une autopsie ne l'aura pas découpé plus en profondeur.

C'est alors que les voyageurs virent les premiers signes de la bataille : des traces de carbonisation et des marques de griffes déchirées dans les tentes. Les dragons s'envolèrent pour enquêter, les griffons accompagnant les messagers partis en reconnaissance.

Plus loin, des bûchers de camp s'allumaient, illuminant la nuit. Mais il y avait quelque chose de différent cette fois. Le feu ne réchauffait pas, il brûlait avec colère et désespoir. Des corps jonchaient le sol, certains encore en vie et implorant de l'aide. Le silence était seulement interrompu par les gémissements de douleur.

Les dragons revinrent alors vers leurs cavaliers et expliquèrent ce qu'ils avaient trouvé : une attaque-surprise avait eu lieu, menée par une armée inconnue. Les défenseurs avaient donné leur existence pour protéger le campement, mais la bataille avait été perdue. Les voyageurs étaient arrivés trop tard pour aider.

Fléo Bleu fut le premier à sauter en bas des écailles de Noxys, soulagé de mettre enfin pied à terre après ce long voyage épuisant. Tamira, quant à elle, était anxieuse à l'idée de découvrir ce qui était arrivé à Miro, le dragon de son frère. Feragil descendit gracieusement des épaules de Bino et fixa intensément Aile-d'or, qui ne tarda pas à comprendre ce que son compagnon voulait.

Pendant que Feragil partit le premier en reconnaissance, Aile-d'or se tourna vers Tamira et lui dit d'une voix calme, mais ferme : "Soyez sur vos gardes. Il y a quelque chose de sinistre dans l'air. Sentez-vous l'odeur?"

Tamira hocha la tête. Elle fit signe à Note et reprenait sa forme de bijou, puis elle sauta sur le sol au côté de sa monture. Elle lui caressa doucement le museau avant de lui communiquer ses instructions : "Va voir si tu trouves des informations sur ton frère. Reviens-moi immédiatement si tu as la moindre piste." Noxys acquiesça silencieusement et s'envola aussitôt, à la recherche de tout indice sur le sort de Miro.

Pendant ce temps, Fléo Bleu regarda Tamira avec un sourire arrogant et déclara : "Petite fille, je t'accompagne. Je ne te laisse pas seule ici, au cas où tu aurais besoin de moi."

Tamira frissonna, estimant qu'il était plus encombrant qu'utile dans de telles situations, mais elle ne dit rien et acquiesça simplement.

Fléo Bleu pressa le pas pour rester près de Tamira et affirma : "De toute évidence, les spectres que nous avons croisés sont passés par ici." Tamira garda le silence, cherchant une âme capable de lui donner la moindre information ou de lui indiquer où se trouvait Miro, mais le cantonnement était dans un tel désordre.

La nuit était tombée, plongeant le campement dans l'obscurité. Fléo Bleu et Tamira avançaient prudemment, en évitant les tentes renversées et les débris éparpillés partout.

Pendant leur marche, Fléo Bleu et Tamira entendirent des cris de douleur venant de différentes directions. Ils virent des individus estropiés et couverts de sang qui rampaient sur le sol désorienté.

Fléo Bleu et Tamira prirent le temps de secourir les blessés et de les mettre en sécurité, tout en étant constamment sur leurs gardes contre les éventuelles apparitions des spectres et des créatures maléfiques.

Finalement, ils atteignirent le centre du campement, où ils trouvèrent une foule de personnes qui semblaient être en train de discuter et de planifier leur prochain mouvement. Tamira s'approcha des gens pour leur demander s'ils avaient aperçu Miro, mais la plupart d'entre eux secouèrent la tête, affirmant qu'ils n'avaient vu personne de tel.

Alors que Tamira continuait sa recherche du dragon, elle entendit soudain une voix familière s'exprimer parmi ses pensées. C'était Noxys, sa propre créature mythique, qui lui parlait télépathiquement. "Où es-tu? Miro est ici avec les Médi-dragons. Il va bien et aide à secourir les blessés", lui dit-elle.

Tamira fut submergée de soulagement à l'annonce de cette nouvelle. Elle avait retrouvé la trace de Miro, et il allait bien. Elle se tourna vers Fléo Bleu pour lui transmettre l'info, ses yeux brillant d'excitation et de consolation.

"Fléo Bleu, j'ai des nouvelles de Miro! Il est ici, avec les Médi-dragons, et il est en sécurité. Il aide même à secourir les blessés!", dit-elle avec un sourire radieux.

Fléo Bleu lui répondit avec une expression de soulagement et de joie, ravi d'apprendre que leur ami était sain et sauf. "C'est merveilleux! Nous devons le trouver et nous assurer qu'il n'a rien et qu'il est prêt à partir", dit-il, avec un regard déterminé dans les yeux.

Tamira hocha la tête, sachant que retrouver le dragon de son jumeau était leur priorité absolue. Ils se mirent en route, guidés par les indications de Noxys, et bientôt, ils arrivèrent au centre du campement, où ils virent Miro en train déplacer des blessés avec les Médi-dragons.

Tamira se précipita vers lui et le prit dans ses bras par le cou, heureuse de le voir sain et sauf. "Je suis tellement soulagée que tu ailles bien", lui dit-elle.

Miro sourit et lui répondit : "Je suis heureux de te voir aussi, Tamira. Merci d'être venue." Sans réellement la regarder comme si son attention était ailleurs.

Fléo Bleu les rejoignit et leur fit signe de se mettre en route. "Nous devons partir d'ici dès que possible. Les spectres et les créatures maléfiques sont toujours dans la région, et il est dangereux de rester ici plus longtemps que nécessaire", dit-il, avec un air préoccupé.

Miro se retourna pour voir qui était la personne à qui Tamira parlait et remarqua Fléo Bleu. Il demanda, avec une pointe d'humour : "Qui est ce cure-dents brûlé?", révélant une grande dentition.

Noxys répondit : "Tu ne devineras jamais, mais Shina avait un frère jumeau."

Le dragon jeta un coup d'œil à Noxys, exaspéré, et répliqua : "Savez-vous que ce n'est pas le moment pour les plaisanteries?"

Fléo Bleu se sentit vexé et répondit, se redressant fièrement : "Ce n'est pas une plaisanterie. C'est juste qu'ils ont caché le plus beau des deux."

Tamira lui lança un regard furieux, ne voulant pas tolérer les blagues en ce moment critique.

Miro sembla indifférent à la nouvelle et se tourna vers Tamira. "Je suis désolé de t'annoncer une mauvaise nouvelle. On n'a toujours pas trouvé la trace de Firamire, et je refuse de partir tant qu'on ne saura pas ce qui lui est arrivé", dit-il, avec un air inflexible.

Tamira regarda ses compagnons avec des yeux pétillants et déclara : "Nous savons où il est, et il est en sécurité. Je l'ai vu, en quelque sorte."

Miro sentit ses jambes fléchir sous lui, passant près de s'effondrer. La révélation de Tamira le soulagea tellement qu'il avait du mal à y croire. Il avait été tellement inquiet pour son camarade depuis sa disparition, ne sachant pas s'il était vivant ou mort, qu'il avait presque perdu espoir. Les yeux mouillés, le contour de ses paupières virant à une teinte plus claire, il demanda à Tamira : "Comment es-tu sûre qu'il est en sécurité? As-tu conversé avec lui?"

Tamira hocha la tête, un sourire doux sur les lèvres. "Non, je n'ai pas parlé avec lui de vive voix, mais j'ai eu une sorte de vision. J'ai vu Firamire dans un endroit paisible, entouré de verdure, et j'ai su qu'il allait bien."

Miro se sentit submerger par un mélange d'émotions : le soulagement, la joie, l'espoir, la curiosité et une pointe de scepticisme. Il voulait en apprendre plus sur la vision de Tamira, mais il était également résolu à retrouver sa moitié. "Nous devons nous mettre en route immédiatement?", demanda-t-il, déchiré entre son devoir entre ses camarades sur ce champ de bataille et une détermination renouvelée pour retrouver Firamire.

Fléo Bleu sortit lentement l'objet qu'il avait récupéré à leur dernière escale, admirant une fois de plus sa texture lisse et brillante. Mais soudain, un bruit de mouvement retentit au loin, attirant son attention. Il se crispa et rangea rapidement la pierre dans sa poche, prêt à faire face à tout ce qui pourrait arriver.

Tout d'un coup, des cris de douleur et de panique se firent entendre plus fort dans la direction d'où venait le tumulte. Fléo Bleu sentit son cœur s'accélérer et il courut vers le lieu de l'agitation, suivi de près par ses camarades. Les hurlements devenaient de plus en plus forts et il pouvait maintenant entendre également des grondements menaçants de grosses créatures. Il resserra sa prise sur l'objet dans sa poche, paré à se défendre contre toute attaque, les mots d'incantation variée se bousculant dans sa bouche prêt-à être invoqués. De l'autre main, il saisissait un os à sa ceinture sous son manteau.

Chapitre 9

Feu de Désespoirs

Plus tôt dans cette journée, Lutafir parcourait le périmètre du campement, examinant chaque tour de feu de garde de près. Il avait toujours été méticuleux dans son travail de feutier, veillant à ce que chaque flamme soit bien alimentée pour qu'elle reste vive toute la nuit.

La journée avait été calme jusqu'à présent, sans signe d'attaques imminentes ou de mouvements suspects dans les environs. Les combats semblaient avoir cessé depuis quelques lunes maintenant, mais cela ne signifiait pas que le danger avait complètement disparu.

Lutafir était un jeune sorcier, pas un soldat aguerri. Il avait à peine terminé sa formation en enchantement, mais on lui avait donné le rôle de feutier des phares en raison de ses compétences en sortilèges plutôt modestes. Sa tâche consistait principalement à entretenir les feux de garde et à signaler toute manifestation de menace aux forces militaires du campement.

Lutafir avait de courts cheveux noirs et une barbe mal tondue. Il était plutôt petit de taille, mais sa silhouette svelte était musclée et agile. Il portait une tunique de mage bleue trop grande, avec des symboles enchantés brodés sur les manches et les poches. À sa ceinture, il avait attaché une minuscule sacoche en cuir contenant divers outils et composants magiques pour son travail de feutier.

Alors que Lutafir continuait sa ronde, il entendit un léger bruissement derrière lui. Il se retourna pour apercevoir son fidèle compagnon, Sylphas, s'approcher silencieusement. Le petit animal avait des traits caractéristiques d'un lézard, mais sa fourrure douce et duveteuse le distinguait de toute autre créature qu'il connaissait. Sa queue était longue et fine, se balançant tranquillement derrière lui alors qu'il marchait sur deux pattes.

Sylphas avait des yeux perçants, de couleur ambre, qui semblaient tout voir dans l'obscurité de la nuit. Il était rapide et agile, se déplaçant avec une grâce sauvage.

Ce petit Capuzard qui était croisé entre un capucin et un lézard. Il cachait des écailles d'un vert profond sous son pelage, elles brillaient légèrement sous la lueur des flammes des feux de garde. Ses pattes étaient longues et griffues, montrant une dextérité naturelle qui permettait à Sylphas de grimper et de sauter avec une aisance déconcertante.

Sa toison était de couleur blanche, couvrant son corps comme un manteau chaud. Elle était parsemée de taches sombres, donnant à Sylphas un aspect unique et remarquable. Les yeux de Sylphas semblaient être dotés d'une sagesse supérieure, reflétant une intelligence et une perception aiguisées. Ils étaient constamment agités, surveillant les moindres mouvements et sons autour d'eux.

Lorsque Lutafir caressa la tête de Sylphas, il put ressentir la douceur de sa fourrure et la chaleur de son corps. Il se sentait en sécurité avec Sylphas à ses côtés, sachant qu'il avait un ami fidèle et puissant pour le protéger dans ses missions nocturnes. Sylphas s'assit près de lui, regardant autour avec une curiosité apparente, comme s'il était en train de prendre note de tout ce qui se passait.

Lutafir se mit à penser qu'avec Sylphas à ses flancs, il était plus confiant dans sa capacité à défendre le campement. Il se redressa, reprenant sa ronde. Sylphas était plus qu'un simple animal de compagnie, c'était un allié, un camarade de voyage et un ami indéfectible. Il ne pouvait imaginer sa vie sans lui. Il était venu au monde dans le même placenta et ne s'était jamais quitté depuis.

Sylphas se releva, humant l'air ambiant. Il semblait préoccupé. Une brume s'était levée à la lisière de la forêt. Lutafir demanda à son compagnon ce qui arrivait à apercevoir. Sylphas répondit : "Je ne sais pas encore, je ne vois toujours rien à part d'un brouillard épais et une odeur de pain moisi."

Lutafir chercha le moindre indice, mais ne vit rien. Il incanta un sort qui projeta un feu d'artifice bleu dans les airs, signal d'alarme pour alerter la faction. Les autres membres de l'équipe de surveillance s'activèrent rapidement, se préparant pour une éventuelle attaque.

Pendant ce temps, le brouillas prenait du volume de plus en plus, enveloppant le camp dans une opacité inquiétante. L'odeur de pain moisi se faisait plus intense, provoquant une légère nausée chez certains individus de la brigade.

Sylphas continuait d'épier la lisière de la forêt, scrutant l'obscurité avec ses yeux perçants. Soudain, il poussa un sifflement d'alerte.

"Lutafir, regarde là-bas!"

Le sorcier se précipita vers l'endroit où pointait Sylphas, et vit une forme sombre se déplaçant lentement à travers la brume à peine perceptible. Il comprit alors que quelque chose de maléfique se dissimulait derrière ce brouillard.

"Préparez-vous, l'ennemi arrive!" cria Lutafir à ses compagnons.

Lutafir détacha quelques petites poches de cuir de couleur différente qui comportait des ingrédients préalablement mélangés afin de lancer ses sorts magiques. Les autres membres de l'équipe s'activèrent également, prêts à faire face à l'adversaire inconnu qui approchait.

Les créatures sorties de l'ombre étaient d'une noirceur ténébreuse, si sombres qu'on aurait cru qu'elles étaient des ombres elles-mêmes. Leur démarche était prompte et silencieuse, leurs yeux brillaient d'une lueur maléfique, et leur présence était suffocante.

Le petit groupe de formes lugubres fonçait droit sur l'une des formations avancées de gardes, qui avait pourtant été mise en alerte par l'allumage des lumières d'artifice bleu dans le ciel. Malgré leur préparation, les divisions furent rapidement submergées par l'attaque soudaine. Les cris de douleur et les hurlements d'agonie qui suivirent ne laissaient aucun doute sur la gravité de la situation et la brutalité de l'agression.

Les dragons crachaient du feu en vain, les lances et les épées des dragonniers ne parvenaient pas à toucher les créatures qui semblaient glisser sur un courant d'air. La brume épaisse rendait la visibilité difficile, ajoutant une couche d'incertitude et de peur à la confusion générale déjà palpable.

Le silence qui suivit l'attaque laissait planer une atmosphère sinistre et pesante. Les seuls sons qui s'entendaient étaient les gémissements des blessés et le sifflement de la brise froide qui soufflait à travers la forêt. Les cadavres des soldats jonchaient le sol, les armes encore serrées dans leurs mains sans vie.

Une unité de sentinelles sur leurs pégases surgit des ténèbres, hurlant de rage et de désespoir. Ils chargèrent les créatures, déterminés à venger leurs camarades tombés au combat. Cependant, les assaillants mystérieux s'entassèrent pour composer une pyramide, puis ceux formant la pointe sautèrent dans le vide, fauchant les cavaliers en plein vol.

La bataille semblait inégale et perdue d'avance. Les soldats reculèrent, cherchant un endroit pour se regrouper et se réorganiser. Mais les formes sombres ne leur laissaient aucun répit, fondant sur eux sans relâche tel un banc de piranhas assoiffé de sang. Leur présence maléfique étourdissant les spectateurs qui luttaient pour garder leur sang-froid.

Lutafir frissonna jusqu'à la moelle, témoin de la scène d'horreur. Il se mit à courir en direction de l'un de ses confrères qui s'efforçaient de refouler l'un d'eux. Il lançait ses poches de cuir colorées les unes après les autres, invoquant l'enchantement exact, allant avec chaque nuance de teinte. Les petites boules explosaient en un nuage de boucane avant de se transformer en bêtes sauvages attaquant les ombres, repoussant légèrement les assaillants qui revenaient à la charge de plus belle.

Sylphas qui le suivait de près s'écria : "Tes sorts ne les arrêtent pas."

Lutafir tourna la tête vers son complice, le visage couvert de sueur et de poudre. "Je sais," répondit-il, haletant. "Mais je dois faire quelque chose, sinon nous allons tous mourir."

Soudain, un cri strident retentit dans la nuit, produisant une vibration dans l'air autour d'eux. Une créature monstrueuse, plus grande et plus effrayante que toutes les autres, se dressa devant eux, les yeux flamboyants d'une lueur rouge sang. Elle ouvrit sa gueule béante, révélant des crocs acérés comme des lames de rasoir, et poussa un rugissement qui fit trembler le sol.

Lutafir comprit alors que c'était le dirigeant des créatures, celui qui menait l'attaque. Il sentit la peur lui nouer l'estomac, mais il se ressaisit rapidement. Il ne pouvait pas abandonner ses compagnons ni permettre à ce monstre de détruire leur camp.

Il rassembla ses forces et déclencha un sortilège plus puissant que tout ce qu'il n'avait jamais invoqué auparavant. Une boule de feu jaillit de ses mains, traversant l'air à une vitesse fulgurante et frappant l'entité en plein cœur soufflant une onde de choc surprenante. Elle hurla de douleur, mais ne sombra pas.

Lutafir ne se laissa pas décourager pour autant. Il continua de lancer sort après sort, cherchant à affaiblir la créature. Il épuisa pratiquement son répertoire magique. Ses poches de cuir explosèrent en une multitude de projectiles, et les bêtes sauvages qu'elles libérèrent se jetèrent sur les ombres, griffant et mordant avec férocité avant de s'évaporer comme elles étaient venues.

Lutafir avait le cœur noué de chagrin en voyant ses camarades tomber les uns après les autres sous les attaques incessantes qui les déchiquetaient aussi aisément qu'on arrache les ailes d'une mouche. Bien que les Lézumains soient connus pour leur force et leur savoir-faire en matière de combat, ils semblaient vulnérables face à la fureur de leurs ennemis. La majorité des individus de sa race avaient beau être plus puissants et expérimenter que lui, qu'ils s'effondraient sous les agressions telles des feuilles en automne.

Lutafir aperçut son mentor Lézumain, André-Clade, âgé et vénérable, gisait, épuisé, sur le sol maculé d'une mer écarlate. Ses membres brisés, un bras détaché retenu par des lambeaux de chair fléchissants. Son visage tordu de douleur, il avait eu que le temps de cautériser le saignement d'une formule avant de perdre conscience. Lutafir sentit la colère et la frustration montée en lui, impuissante face à la situation.

Les ripostes de Sylphas au passage n'avaient pas grande impacte, si ce n'est que de fendre l'humidité dans l'air sans rien toucher à chaque coup. Lutafir savait qu'il devait agir rapidement avant que tout ne soit perdu. Malgré le vacarme des combats qui résonnaient dans le camp, le jeune soldat se demandait si la victoire était envisageable sur ce terrain humecté de sang. L'angoisse s'emparait de lui peu à peu.

C'est alors qu'il eut une idée. Il se tourna vers son compagnon capuzard, Sylphas, et lui cria : "Nous devons nous fusionner pour secourir le plus de monde possible!" Les premières lignes avaient pratiquement toutes été décimées ou étaient hors d'état.

Sylphas répondit avec un rugissement de détermination et bondit sur les épaules de Lutafir. Une lumière éblouissante enveloppa les deux êtres, les deux âmes s'unissent, mêlant leurs essences en une danse enivrante de fusion afin de former une seule bête puissante. Ensemble, ils partagèrent leur force et leur vitesse.

Ils empoignèrent le premier blessé à proximité et le transportèrent hors du campement, en sécurité loin des tumultes. La nouvelle créature féroce, mi-Drumain mi-capuzard, se fraya un chemin à travers les lignes ennemies, sauvant un maximum de leurs alliés. L'adversaire ne put résister à la vivacité et à la détermination de cette créature hybride.

Le magicien en plaine Camouzard, nommé ainsi pour sa fusion avec son compagnon, était témoin d'une scène terrifiante. L'ennemi était en train de prendre le dessus, chaque tentative de sauver des vies, semblait futile. Il avait presque été emporté lui-même à plusieurs reprises. Alors qu'il entreprenait de fuir avec l'un de ses camarades, deux spectres s'étaient jetés sur eux et avaient arraché l'individu de ses bras. Il s'était retrouvé encerclé de toutes parts et sans échappatoire.

Dans un acte désespéré, Lutafir avait invoqué un sortilège d'embrasement pour intensifier les flammes des phares environnants. Il avait formulé une incantation interdite, avec un geste mi-homme mi-animal tendu vers les étoiles, laissant esquiver les paroles surnaturelles de sa bouche. Une onde puissante avait jailli de ses doigts, faisant gicler les flammes encore plus haut dans le ciel.

Les brasiers avaient alors dansé avec plus de force et de vigueur, crépitant avec une lueur ardente et éblouissante. Lutafir avait canalisé toute sa vitalité magique pour intensifier l'embrasement, et cela se ressentait dans la luminosité éclatante qui régnait autour de lui. Les créatures de l'ombre avaient été prises par surprise et avaient battu en retraite doucement.

Lutafir était tombé à genoux, épuisé. Il n'arrivait pas à croire qu'il avait réussi à faire reculer toutes ces créatures d'un seul coup. Sylphas émergeait de son corps lentement, la dernière incantation lui ayant demandé une énorme quantité d'énergie également. Il avait retrouvé sa forme initiale sur les épaules de son compagnon. Tous deux étaient à bout de souffle et vidés, s'effondrant sur les herbes.

Sylphas avait lâché un commentaire épuisé, se redressant légèrement : "Qui aurait envisagé que tu serais capable d'accomplir un tel exploit?" Avant de s'écrouler à nouveau sur le dos.

Lutafir avait répliqué bêtement : "Il paraîtrait que j'ai du savoir-faire." Tous les deux avaient éclaté de rire, tout en se tordant de douleur. La fusion de leurs deux corps leur demandait toujours un formidable effort, et la séparation provoquait des courbatures cruelles, semblables à celles d'un vieux tapis battu pendant des heures de tous les côtés en suspension.

Au loin, on avait vociféré : "Aile-d'or a été aperçu en direction d'ici. Il est accompagné de renfort et surtout d'une créature immense!"

Lutafir, amusé, incapable de se lever. Il avait simplement commenté : "Lui qui n'arrête pas de me narguer en disant que je suis qu'un allumeur de bougie, un tisonnier de feu de paille, c'est qui, qui se pointe après le vrai combat?"

Les deux compagnons se contentèrent de sourire afin d'éviter d'envenimer la douleur causée par des rires.

Chapitre 10

La Flasque

Tamira arriva au milieu du champ de bataille accompagnée de ses camarades, là où les combats les plus intenses avaient eu lieu plus tôt. Elle vit alors Aile-d'or s'approcher lentement dans leur direction, en grande conversation avec un mage accroché à son cou, on aurait dit qu'il se connaissait très bien. Son griffon se tenait à ses côtés, transportant une petite créature sur son dos. L'homme ne semblait pas estropié, mais considérablement affaibli.

Des créatures et des Drumains se précipitaient de chaque côté pour se mettre à l'abri, leurs regards témoignant d'un traumatisme profond. Le sol était jonché de débris, de cadavres et de blessés gémissants. De nombreux d'entre eux étaient en piteux état, le sang maculant leur armure et leur peau. Noxys fit un commentaire qui avait jusqu'ici échappé à l'attention de Tamira : "J'aurais juré voir passer des étendards des factions ennemies. Ils n'attaquent pas, mais semblent plutôt chercher à se réfugier ici?"

Note avait repris sa forme discrètement et s'était posé sur l'épaule de sa camarade. Il ajouta son grain de sel à son tour : "Note le voit… Note voit un gros Dragon noir là-bas, une aile en moins. Pauvre p'tite bête!"

L'atmosphère était couverte de nuages sombres, qui apparaissaient presque aussi menaçants que les ennemis qui approchaient. Des éclairs zébraient le ciel, éclairant la scène d'une lueur blafarde. Une odeur de chair brûlée flottait dans l'air, mélangeant son parfum amer à celui du sang et de la terre boueuse. Tamira resserra les pans de son manteau autour d'elle, sentant un frisson de dégoût la parcourir.

Fléo Bleu reprit : "Il serait préférable d'attendre demain avant de partir. Nous devrions les aviser de ce que nous savons et comment mieux se protéger."

Feragil qui venait de les rejoindre le regarda d'un air méprisant, les sourcils froncés : "C'est un peu ironique, quand on pense que tu ne nous as toujours pas mis au courant des révélations de la prophétie écrite. Je suis d'avis que les deux sont liés et que nous devons en être avisés également pour mieux nous protéger."

Fléo Bleu sentait la pression monter. Il savait qu'il devait informer ses compagnons de la prophétie qui pesait sur leur mission, mais il ne se résignait pas à en parler. Afin d'esquiver le sujet, il essaya de détendre l'atmosphère en lançant une blague de mauvais goût :

"Vous savez ce qu'on dit : les prophéties, c'est comme les prévisions météo. On y croit jusqu'à ce qu'on se prenne une averse!"

Il espérait que son humour douteux suffirait à distraire ses amis de la discussion sérieuse qu'il avait évitée. Mais Feragil ne semblait pas dupe et fixa Fléo Bleu d'un air méfiant, prêt à poursuivre l'interrogatoire à tout moment.

Feragil ne fut pas amusé et insista : "Ne détourne pas la conversation. Nous devons être au fait de ce que le présage révèle."

Fléo Bleu remarqua le regard frustré de Feragil et comprit qu'il devait dire quelque chose : "Eh bien, si vous voulez tout savoir, la prophétie écrite prédit que nous allons tous mourir dans d'atroces souffrances. Mais bon, c'est une simple formalité, n'est-ce pas?" Il accompagna sa plaisanterie d'un sourire nerveux, espérant que cela suffirait à détendre l'atmosphère.

Feragil répliqua : "Tu ne t'assagis vraiment pas avec l'âge, mon vieil ami. Bino est partie aider à remonter le campement et le chef de guerre est dans une tente de soin, il est dans un état critique. Il nous attend et désire nous parler." Il se tourna vers Aile-d'or et reprit : "Il voudrait bavarder à un certain Lutafir. Aurais-tu une idée de qui il s'agit?"

Le Lézumain, toujours accroché au cou de son camarade, leva la main et répliqua : "Tu n'auras pas à chercher bien loin, je suis déjà parmi vous. Sais-tu pourquoi il me demande?"

Feragil haussa les sourcils, étonné par la question de Lutafir. "Je ne sais pas, mais j'imagine que le chef de guerre a ses raisons. Peut-être a-t-il besoin de ton aide pour une mission importante. Quoi qu'il en soit, nous devrions nous dépêcher d'aller le voir. Il n'a pas l'air d'être en bonne santé et il est possible que sa situation empire si nous tardons trop."

Aile-d'or hocha la tête en signe d'approbation. "Tu as raison, Feragil. Nous devons y aller immédiatement. Lutafir, accroche-toi bien, on en a encore pour un petit moment."

Fléo Bleu avait sorti sa flasque lorsque Lutafir lui arracha des mains au moment même où il s'apprêtait à prendre une lampée. Alors qu'il allait protester, Lutafir répliqua : "Merci de penser à moi, j'étais mort de soif." Avec un grand sourire aux lèvres.

Fléo Bleu, indigné, répondit : "Mais… mais… C'est la mienne, ça!"

Cependant, Lutafir était déjà en train de s'envoyer une généreuse goulée sans se soucier des réprimandes du nécromancien.

Aile-d'or jeta un regard réprobateur à Fléo Bleu et dit : "Ce n'est pas le moment pour ça, mon ami. Nous avons des affaires plus urgentes à régler et nous devons être centrés. Laisse tomber la flasque et concentre-toi sur ce qui est vraiment important."

Lutafir sourit et secoua la tête, amusé par l'ironie. "Désolé, Fléo Bleu. Je n'ai pas pu résister. Mais ne t'inquiète pas, je te la rendrai plus tard. Pour l'instant, nous avons un chef de guerre à voir."

Comme pour envenimer la situation, il résuma : "Je ne sais pas ce que tu as mis dedans, mais ça déchire, j'aime bien." Avant d'en reprendre une autre généreuse gorgée.

Ils se mirent en route vers le pavillon de soin, en espérant que le responsable serait capable de leur dire ce qu'il attendait d'eux et de leur expliquer le contexte critique dans laquelle se trouvait leur campement.

Fléo Bleu, encore énerver, regarda le bandit s'éloigner, accroché au cou d'Aile-d'or, sa flasque en main. Le nécromancien avait toujours le bras tendu dans les airs, une expression d'exaspérée, il murmurait inlassablement : "Ma sueur de fruit... C'est ma sueur de fruit..."

Tamira s'approcha de Fléo Bleu et posa une main réconfortante sur son épaule. "Ne t'en fais pas pour ça, mon ami. Nous t'aiderons à en trouver plus tard. Mais à l'heure actuelle, nous devons nous concentrer sur notre mission."

Finalement, il rabaissa le membre et secoua la tête, comme pour chasser ses pensées. Il se tourna vers Tamira et lui dit : "Nous devons y aller maintenant. Le chef de guerre a besoin de nous et chaque instant compte."

Tamira acquiesça d'un signe de tête et le reste du groupe se mit en route. Fléo Bleu, toujours bouleversé par ce qui venait de se passer, les suivait en silence. Il ne pouvait s'empêcher de penser à la flasque que Lutafir avait prise et à la façon dont il avait agi avec insouciance face aux protestations du nécromancien. Fléo Bleu ne pouvait éviter de rougir de colère.

Note qui n'avait pas dit un mot, s'amusait désormais à imiter la scène du haut des épaules de Tamira. Ne se souciant pas du regard colérique de Fléo Bleu qui l'alignait.

Tamira, qui avait remarqué le comportement de son compagnon, décida d'intervenir. Elle se retourna brusquement vers Note et le toisa du regard. "Arrête sur-le-champ, Note. Ce n'est pas le moment de faire des blagues", dit-elle d'un ton sévère.

Note, pris au dépourvu, baissa les yeux et s'excusa immédiatement. "Note, désolé, Tamira. Note voulait pas manquer de respect. Note voulait juste détendre l'atmosphère."

Noxys, qui avait été témoin de la scène de près, s'approcha de Fléo Bleu avec un sourire en coin. Il lui donna une tape amicale sur l'épaule tout en regardant Note avec un pouce en l'air.

Le groupe marchait rapidement en direction de la tente de soin. Le silence régnait sur le chemin, seulement perturbé par le bruit de leurs pas et le souffle court de Lutafir. Fléo Bleu était plongé dans ses pensées, essayant de comprendre ce qui venait de se passer.

Soudain, une branche craqua sous le pied d'Aile-d'or, interrompant l'accalmie et faisant sursauter tout le monde. Le groupe s'immobilisa et regarda autour d'eux, sur le qui-vive. Aucune menace ne semblait se profiler, mais la tension était palpable.

Feragil, ouvrant la marche, fit signe de la main pour qu'ils le suivent et avança prudemment. Ils arrivèrent enfin à la tente de soin où se trouvait le chef de guerre. En entrant, ils virent l'homme allongé sur une peau de bête, le visage crispé par la douleur. Des traces de combat recouvraient son corps.

Aile-d'or s'approcha du dirigeant et dit : "Nous sommes là, mon ami. Que se passe-t-il?"

L'individu leva les yeux vers Aile-d'or et sourit faiblement. "Mes amis, je suis ravi de vous voir. Avez-vous retrouvé Lutafir?"

Grommash, le guerrier des montagnes, était un colosse de puissance redoutable. Sa musculature massive et sa carrure imposante témoignaient des années d'entraînement et de batailles qu'il avait connues. Sa peau naturelle était d'un gris cendré, rappelant la dureté de son environnement et la résilience de son peuple face aux éléments hostiles. Malgré ses blessures, il avait réussi à maintenir une posture noble, refusant de se laisser vaincre.

Son visage buriné était marqué par le temps et les cicatrices d'affrontements passés, mais il gardait une expression déterminée et impérieuse, montrant son autorité et son courage. Ses yeux perçants, semblables à ceux de son animal de compagnie, le lynx Morothar, dégageaient une aura de puissance et de sagesse. Sa chevelure, tressée en dreadlocks, tombait en cascade sur ses épaules, ajoutant à son apparence sauvage et indomptable.

Comme le félin, Grommash avait des griffes acérées et des muscles tendus, prêts à bondir sur ses ennemis. Son corps, recouvert de tatouages tribaux, était comme une toile racontant son histoire, sa loyauté et son honneur. Il était habillé d'une armure en cuir, ornée également de motifs tribaux complexes, témoignant de son statut de chef de guerre.

Allongé sur une peau de bête, Grommash était aux derniers moments de sa vie, blessé par l'un des spectres. Sa poitrine se soulevait difficilement, mais il gardait une poigne de fer sur son arme, refusant de se laisser vaincre sans combattre jusqu'au bout. Son compagnon félin était demeuré à ses côtés, vigilant et protecteur malgré la douleur qu'il avait subie lors de la bataille. Grommash restait un symbole de force et de résilience pour sa race Skogskatts, même dans sa mort imminente.

Le Lézumain qui était en retrait à l'entrée de la tente s'approcha. "Oui, je suis là, Grommash."

Le Drumain le regarda attrister et dit. "Notre camarade André-clade a succombé à son attaque. Tu seras donc désormais responsable des forces des défenses magiques."

Fléo Bleu qui était resté dans l'obscurité rétorqua d'un ton moqueur. "Ce petit voleur de flasque en charge de la défense!"

N'ayant pas voulu le dire à voix haute, il resta surpris lorsqu'il entendit. "Est-ce que je reconnais cette voix? Est-ce bien le célèbre Fléo Bleu donc la langue est aussi sale que son art?"

Le regard de Fléo Bleu se durcit et il sortit de l'ombre, révélant sa silhouette squelettique. Il fixa le Drumain de ses yeux perçants et répliqua d'un ton acerbe : "Mon art est ce qui me permet de survivre, tout comme tes muscles saillants te donnent de te sentir puissant. Ne me juge pas sur ce que je fais pour vivre, car tu n'as pas vécu dans ma peau."

Le Drumain se redressa, sa stature imposante intimidant les autres présents dans la pièce. "Je ne juge pas ton art, je juge ta langue acérée qui te met souvent en danger, vieil ami! Il est bon de te revoir. Peut-être que ta sagesse peut nous aider en ses temps difficiles?"

Tamira soupira à la suite de l'énoncé "Ta Sagesse". Tous semblaient lui reconnaître des louages qui jusqu'ici lui étaient durement identifiables.

Fléo Bleu s'accroupit près de Grommash et lui parla d'un ton grave : "Il va vous falloir de toute urgence des sanglottites pour pallier aux infections. La moindre éraflure peut être fatale." Il extirpa ensuite un parchemin de son manteau qu'il avait gardé jalousement à l'abri et ajouta : "Je dois te montrer ceci en privé. C'est la prophétie sur nos malheurs. La guerre ne se limite plus aux deux groupes ou aux deux continents, mais nous avons un nouvel ennemi commun : des créatures toutes droites sorties de l'enfer, sans âmes ni patries."

Grommash fit signe de la main pour libérer la tente et certains quittèrent à contrecœur.

Au passage de Lutafir, Fléo Bleu lui arracha sa flasque des paluches en déclarant : "Ceci est à moi!" Cependant, le flacon était vide.

Pendant ce temps, Fléo Bleu continuait de fouiller frénétiquement dans son sac en marmonnant quelque chose à propos de la flasque. Lutafir secoua la tête, amusé par le comportement de son ami, et sortit du pavillon en dernier.

Une fois que tout le monde fut parti, la tente sembla soudain déserte et silencieuse. À l'image de la flasque, laissant le nécromancien et le Skogskatts en tête-à-tête.

Chapitre 11

Rien de Claire

Entrant dans une toute nouvelle pièce de la demeure qui jusqu'ici n'avait pas été dévoilé à Firamire. Passant par une petite porte dissimulée entre deux bibliothèques s'ouvrant sur cet endroit des plus sombre et mystérieux, avec des murs en pierre noircis par le temps et des chandelles vacillantes qui illuminaient insuffisamment la salle. Fléo Bleu se tenait face à son neveu, qui était animé par la curiosité. Le visage du nécromancien prit une tournure sinistre et sérieuse en répliquant les mots qui allaient suivre.

"Ta formation s'achève ici, cher neveu. Si ton présent est le futur qui doit arriver, je me dois de te montrer une dernière chose."

"De quoi s'agit-il, Fléo?" demanda Firamire, impatient de connaître la réponse.

Son oncle sortit alors un vieux parchemin soigneusement replié dans une enveloppe en cuir. La feuille était déjà marquée par le temps, comme si elle avait été inspectée maintes fois. Sur ce papyrus était copiée une série de phrases gravées sous un crâne de dragon. Fléo l'avait examiné sous tous ses angles il y a déjà des décennies de cela. Elle était toujours conservée au cœur du domaine du firmament. La dernière occasion qu'il avait posée les yeux sur la relique remontaient à une époque si lointaine, à une période où il était encore le bienvenu en ces lieux.

Firamire avait du mal à cacher son impatience. Fléo prit alors la parole d'un ton solennel :

"Il s'agit de la prophétie qui t'incombe, mon cher Firamire. J'en ai bien peur."

Le jeune était maintenant tendu, le regard fixé sur le parchemin. Il voulait en savoir plus sur son destin, sur ce qui allait arriver dans le futur. Fléo prit une grande inspiration avant de poursuivre :

"Cette prophétie te concerne directement. Elle parle de ton rôle dans l'avenir du royaume. Tu es destiné à accomplir une importante mission avec ta jumelle. Mais je ne peux pas t'en dire plus pour l'instant, c'est la seule chose que je peux identifier clairement de cette prédiction. Je suis persuadé que ta sœur et toi êtes les deux paires qui doivent se réunir."

Firamire était à la fois excité et effrayé par cette révélation. On lui avait confirmé qu'il avait un rôle important à jouer dans l'avenir du royaume, mais il n'avait aucune idée de ce qui l'attendait. Fléo lui tendit alors le document.

Il se mit à lire en silence ses mots qui formulèrent des phrases mystérieuses et insondables sur le parchemin.

_____

De la fêlure du géant, naîtront les ombres,

Et leur obscurité s'étendra tel un voile funeste qui sombre.

Deux paires doivent s'unir, pour le faire revenir.

Celui qui créa l'univers, et qui put le définir.

Pour cela, ils devront sauter sur le marchepied des mondes,

Trouver des êtres d'outre monde, qui leur donneront leur réponse.

Sur les sentiers des rouages grinçants des monstres de fer fumant, trouvé, deux âmes enlacées devront les aider.

Les rouages géants crachent leur feu et leur bruit assourdissant,
  crachant leurs vapeurs empoisonnent.

Sans la clé qui déverrouille leur chemin, ils seront condamnés à errer,
  victimes de leur propre quête.

Et la trotteuse galopante inexorablement, comme le sable entre les doigts.
  Scellant leurs éléments.

Sur les routes des énergies fusionnées, entre les éléments enchantés,
  elle sera le joyau qui vous faut.

Trouvé cette fée, les créatures enchantées,
  parcourent les arbres antiques, tatoués, elle sera vous dévoilé.

Ils voyageront sur un astre stérile et inachevé,

Où l'énigme de la blessure est enfouie, telle une maladie gravée.

Et à l'estrade des dieux, ils devront se présenter,
Pour déverrouiller les portes du fond, avant que tout ne s'effondre et ne se répande.

Mais le tribut à payer sera lourd et amer,
Leur essence même, ils devront sacrifier sur l'autel des mystères.

Car leur monde ne sera plus jamais le même,

Et la quête périlleuse pourrait les mener au-delà des rêves.

Après avoir achevé sa lecture, Firamire releva un sourcil, perplexe, il ne comprenait pas la portée des mots. Son attention désormais vouée à son oncle, curieux d'en savoir plus sur le mystérieux Marchepied des mondes dont il n'avait jamais entendu parler. Il demanda d'une voix vibrante : "Mais qu'est-ce que le Marchepied des mondes?"

Fléo Bleu hésita, puis il avançait d'un pas décidé vers un vieux meuble secrétaire au caractère mystérieux. L'objet semblait figé dans le temps, avec ses courbes élégantes et sa patine délicate. Telle une énigme à résoudre, Firamire était intrigué par les secrets qu'il renfermait. D'un simple mot prononcé par le nécromancien, un verrou sortit d'un des tiroirs tels un bouton pressoir, et d'un geste assuré, Fléo l'enfonça de son pouce. Un déclic retentit, brisant le silence environnant, une trace de sang resta là où il avait appuyé et le tiroir s'ouvrit lentement, révélant une collection de rouleaux et de grimoires empilés avec soin. L'empreinte écarlate se résorba dans le bois et disparut au même rythme que le bouton. Les parchemins semblaient avoir été conservés depuis des temps immémoriaux, chacun renfermant une connaissance précieuse. Firamire était fasciné par cette découverte, se demandant quels secrets ces textes anciens pourraient bien dévoiler.

Le nécromancien parcourut le compartiment avant d'en choisir un et de le sortir. C'était un rouleau contenant une carte détaillée du territoire et qu'il déplia sur la table. Il pointa ensuite un endroit précis sur le plan, marqué par une image de temple. "Je crois que la réponse à ta question se trouve ici", dit-il en montrant du doigt un symbole.

Le neveu de Fléo observa attentivement la géographie des lieux et le marqueur en question. Le symboles semblait être situé dans une région éloignée et inhospitalière, entourée de montagnes escarpées et de forêts sombres. Il avait du mal à comprendre comment ce lieu pourrait être lié aux mystérieux Marchepied des mondes.

Fléo remarqua l'expression confuse sur le visage de Firamire et expliqua : "Le Marchepied des mondes est un endroit sacré, un point de passage entre notre monde et d'autres mondes. Nivie m'a dit que ceux qui parviennent à franchir ce passage peuvent accéder à des connaissances et des pouvoirs incroyables. Mais la plupart des gens ignorent le nom ancestral, ils ont entendu parler de l'endroit que par la distinction des ruines."

Firamire était fasciné par cette histoire. Il voulait en savoir plus sur le Marchepied des mondes et sur les pouvoirs qu'il pouvait offrir. Fléo sortit alors un vieux parchemin contenant une copie d'une inscription trouvée sur les pierres dans des décombres. Il la tendit à Firamire en disant : "Écrit en texte ancien dans le roc, on y lit Le Marchepied des mondes. Mais avec le temps, la mise en garde c'est effritée et a brisé dût à la végétation qui a repris ses droits sur l'endroit, la rendant pratiquement illisible et incompréhensible."

Firamire regarda attentivement l'inscription sur le parchemin. Bien qu'elle soit difficile à décrypter, il était fasciné par l'histoire qu'elle racontait. Il sentait que cette découverte allait être le début d'une grande aventure pour révéler les secrets du Marchepied des mondes. La seule épitaphe encore déchiffrable au centre des ruines rappelait plutôt un rituel. L'on pouvait y lire l'énoncé suivant, voyageur tel un astre, fracassé le bol du savoir, déversant la vie, elle portera ses fruits.

Fléo Bleu pointa un dessin ressemblant curieusement au crâne qui était conservé au domaine en expliquant. "Je crois que cette charade se traduit comme ceci. La première ligne, "Voyageur tel un astre", suggère qu'il s'agit d'une personne en mouvement rapide ou dans un périple constant, semblable à un astre qui traverse l'espace.

La deuxième piste, "fracasser le bol du savoir", indique que cette personne a trouvé une source de connaissance ou de sagesse, mais l'a détruite ou l'a rendue inutilisable.

La troisième phrase, "déversant la vie", implique que quelque chose s'est produit en conséquence de l'anéantissement du savoir, et que cela a conduit à une action fertile ou créative.

Enfin, la dernière énoncée, "elle portera ses fruits", suggère que cette action productive aura des résultats positifs et portera ses fruits à l'avenir.

En somme, cette charade évoque l'idée qu'un individu en voyage a trouvé une source de connaissance qu'elle a détruite, mais cela a conduit à une action productive qui aura des résultats positifs. Cependant, ce n'est pas clair, je pourrais faire fausse route."

Firamire continua en disant. "et dans notre cas, nous dévoilerons le marchepied des mondes."

Lorsque Nivie apparut sans prévenir et répondit de manière affirmative à la question qui avait été posée, cela prit les deux personnes présentes par surprise.

Fléo et Firamire se retournèrent pour voir Nivie se tenir là, les regardant avec son expression habituelle de calme. Fléo commenta en premier : "Nivie, tu nous as fait peur en arrivant sans faire de bruit. Comment es-tu entrée ici?"

Nivie sourit légèrement et répliqua : "J'ai mes moyens, Fléo. Vous savez que je peux me déplacer rapidement et discrètement lorsque j'en ai la nécessité. Mais trêve de bavardages, je suis ici pour discuter de la prophétie avec vous."

Firamire se racla la gorge et prit un air sérieux. "Qu'est-ce que tu sais du présage?"

Nivie croisa les bras et fit un pas en avant. "Je sais suffisamment pour savoir que nous avons besoin de travailler ensemble pour l'accomplir. Mais avant cela, il y a quelque chose que je dois vous montrer. Suivez-moi."

Elle tourna les talons et commença à marcher vers la porte, les deux autres l'imitant en silence. Leur curiosité était piquée, se demandant ce que Nivie avait à leur exposer.

Épilogue

À la Rencontre du Destin

Le soleil se lève lentement sur le campement, révélant petit à petit les dégâts causés par la bataille de la veille. La lueur éclairant les tentes et les feux qui brûlaient encore faiblement. Certains compagnons avaient passé la nuit à réparer les infrastructures et soigner les blessés. Les autres s'étaient reposés avant leur départ imminent.

Dans ce monde troublé par l'incertitude, la coordination était devenue un défi complexe. Les événements à venir étaient entourés d'une aura de mystère, rendant chaque décision cruciale. L'ennemi qui se dressait face à eux était singulier, plus redoutable et dépourvu de pitié. Il avait réussi à semer la désorganisation sur les deux fronts, obligeant les protagonistes à apprendre à travailler ensemble malgré leurs différences.

Hier, ils étaient des ennemis jurés, se livrant une bataille acharnée. Mais aujourd'hui, ils devaient devenir frères d'armes, unis de force dans leur quête commune de survie. La tension était palpable, pesant sur leurs épaules, tandis que l'amour et l'harmonie semblaient se faire rares dans cet environnement hostile.

Pourtant, au milieu de cette obscurité, une lueur d'espoir subsistait. Malgré les difficultés et les désaccords, ils croyaient qu'ils devaient s'allier pour faire face à cet ennemi redoutable. Ils devaient mettre de côté leurs différends et leurs rancœurs, et trouver un terrain d'entente pour avancer ensemble.

Les jours qui suivaient seraient remplis de défis et d'épreuves, mais ils étaient déterminés à surmonter chaque obstacle. Ils savaient que la clé de leur succès résidait dans leur capacité à coopérer et à se soutenir mutuellement.

Fléo Bleu, le premier debout, contemplait le lever de soleil avec les quelques pages de la prophétie en main. Il savait qu'il n'avait qu'une partie des feuilles en sa possession, les autres ayant été aspirées dans le portail d'où les spectres les avaient extraits de force, des pattes du renard. Il savait qu'il devait révéler le contenu à ses compagnons, même s'il ne disposait pas de la totalité du document.

Le nécromancien se trouvait dans un paysage étrange et désolé. Les couleurs du ciel étaient intenses et mélangeaient les nuances d'un orangé profond avec du rose pâle. Ces couleurs se reflétaient sur le visage du Drumain, qui avait l'air fatigué. Il se tenait debout sur une plaine rocailleuse, où des rochers pointus émergeaient du sol, créant des formes bizarres. Des arbres tordus par le vent étaient éparpillés çà et là.

Son regard perçant scrutait l'horizon, comme s'il cherchait quelque chose. Il sortit alors de l'une de ses poches un objet mystérieux, la pierre de sang. C'était un artefact rare et précieux, qu'il avait fabriqué lui-même, il s'était arrêté pour la récupérer à l'auberge. Caché dans ses lieux quelque soixantaine d'années auparavant. Pour une raison d'intuition, il l'avait laissé là au cours de l'un de ses passages durant une guerre à la quel il participait avec sa sœur et son beau-frère. Il pensait à l'époque judicieux d'en avoir une dans les régions chaotiques en cas d'urgence et une autre placée en sécurité à son domicile qui était au Firmament à cette période.

Le nécromancien souriait en contemplant l'objet dans sa main, il était ravi de ne pas avoir à monter sur le dos d'une créature volante pour le retour. La pierre avait une lueur rouge sang, comme si elle était mouillée de plasma vivant. Fléo Bleu la tenait fermement entre ses doigts, laissant sa magie s'en imprégner une fois encore.

Les compagnons se réveillaient peu à peu, chacun se préparant pour le voyage à venir. Le nécromancien rangea soigneusement le caillou dans sa poche et se remua pour rejoindre les autres. Ils allaient partir pour le Firmament, ce lieu fabuleux qu'il avait tant aimé et qui avait été son foyer pendant de nombreuses années. Il espérait pouvoir y retourner pour sauver leur monde, et enfin trouver la paix.

Fléo Bleu s'approcha du feu de camp, salué chaleureusement par ses compagnons de voyage. Il se sentait bien en leur présence. Il jeta un coup d'œil autour du brasier, remarquant le petit renard qui avait réussi à chaparder quelques pierres de charbon pour manger. Bientôt, leurs périples deviendraient autrement plus sérieux.

Tamira, quant à elle, avait préparé un bouillon chaud dans un pichet, qui fumait délicieusement. Elle semblait avoir perdu l'appétit pour tout autre chose. Noxys et Miro, tous deux avaient les yeux sombres, apparaissaient fatigués de leurs nuits à avoir passé une bonne partie de celle-ci à transporter les blessés.

Bino joyeuse, toujours aussi dynamique, avait concocté un chaudron de calmars d'eau douce qu'elle avait attrapés rapidement dans un ruisseau non loin ainsi que quelque plante aquatique pour ornementer l'assiette. Elle tendit une portion à Fléo Bleu, lui proposant de se régaler avec elle, qui accepta avec plaisir.

Aile-d'or avait fini d'atteler son griffon et il s'installa près du feu, tout en vérifiant l'état de ses armes et de ses équipements. Feragil, quant à lui, semblait impatient et guettait le moment propice pour interroger Fléo Bleu sur la prophétie qui leur était dissimulée jusqu'ici.

Le brasier crépitait doucement, réchauffant les corps et les cœurs de la petite troupe. Ils étaient tous fatigués, mais déterminés à poursuivre leur quête. Ils savaient que de grands défis les attendaient encore, mais leur amitié et leur courage les guideraient tout au long de leur périple.

Alors, après avoir fini de manger, Fléo Bleu sortit les parchemins et commença à les lire à voix haute. Il parcourait les pages avec attention, lisant chaque mot avec soin. Les autres membres du groupe étaient attentifs, écoutant avec intérêt ce que Fléo Bleu avait à leur dire. On pouvait sentir la tension monter à mesure que Fléo Bleu avançait dans sa lecture.

Après avoir lu les mêmes phrases qu'il avait copiées jadis sous le crâne, il tomba sur les citations détaillées des moines en relation à la prophétie qui n'était pas sous le crâne. Tous étaient restés stoïques face à la première portion qui relevait principalement d'une charade incompréhensible.

De l'abîme béant du géant surgiront les ombres impies, engloutissant toute lumière sur leur passage. Les deux paires d'élus, liées par le fil d'un destin inéluctable, devront s'unir pour convoquer le créateur, disparu depuis les temps les plus reculés.

Leur quête les mènera à travers les portes du temps et de l'espace, franchissant les frontières des mondes pour découvrir les secrets cachés de l'outre monde. Seuls les êtres les plus érudits et les plus énigmatiques pourront les guider sur le chemin de la vérité.

Fléo Bleu continua à lire, parcourant les pages détaillées des moines en relation à la prophétie. Les autres membres du groupe étaient toujours aussi absorbés, mais cette fois, il y avait une légère inquiétude dans leurs yeux. Fléo Bleu avait hypnotisé leur attention, mais le mystère restait entier. Jusqu'à ce qu'il tombe sur l'un des passages.

Il regarda ses camarades en révélant. "Ici, il manque quelque page pour la suite. À partir de là, nous n'avons rien, nous sombrons dans l'ombre des divulgations."

Puis il continua à haute voix, essayant de déchiffrer les secrets derrière les mots. Les autres membres du groupe étaient de plus en plus captivés, leurs yeux fixés sur les papyrus. C'était comme si chaque syllabe avait un sens caché, une signification plus profonde qu'il fallait dévoiler.

Sur une planète oubliée, où les ombres incomplètes se nourrissent de désespoir et de tristesse, les élus devront puiser au plus profond de leur courage pour affronter l'obscurité et découvrir le chemin qui mène à l'estrade des dieux.

Là-bas, ils devront déchiffrer les énigmes éternelles pour activer les portails sacrés qui mènent au monde des dieux, où réside le créateur. Seul celui-ci peut sauver l'univers, compléter la planète abandonnée et libérer les ombres de leur existence incomplète.

Mais le prix de la victoire est lourd, et les élus devront affronter leur propre destin, leur propre destinée, pour triompher des ténèbres qui menacent de les engloutir. Seuls le courage, la sagesse et l'intelligence pourront les guider à travers les épreuves ultimes qui les attendent.

Soudain, Fléo Bleu s'arrêta, fixant les parchemins. Il semblait que les moines avaient caché quelque chose, quelque chose de très important. Les autres membres du groupe le regardèrent, se demandant ce qui se passait. La tension était palpable, mais personne n'osait parler, de peur de briser le silence.

Finalement, Fléo Bleu releva la tête et regarda les autres membres du groupe, un air grave sur le visage. "Nous avons du pain sur la planche," dit-il simplement.

Firamire demeura perplexe. Quant à Tamira, elle demanda. "C'est tout?"

Fléo Bleu feuillette et réplique. "C'est tout ce qu'on a. Le reste est perdu dans le portail." Puis en se redressant, il lança les restes de son plat dans le feu en déclarant. "Si vous avez fini, nous devons partir."

Les compagnons se levèrent en même temps, étirant leurs membres endoloris. Fléo Bleu rangea soigneusement les parchemins dans sa besace, tandis que Tamira vidait le vestige de son bouillon dans les braises mourantes du feu. Noxys secoua sa crinière de dragonne, prête à reprendre la route.

Bino, quant à elle, commença à démonter son chaudron, faisant attention à ne pas perdre une seule goutte de son précieux contenu. Feragil, impatient de connaître la suite de la prophétie, attendait que Fléo Bleu veuille bien lui en dire plus. Si seulement il avait récupéré tout le document, se dit-il.

Pendant ce temps, Lutafir était arrivé et observait la scène avec un air perplexe. Aile-d'or lui expliqua brièvement la situation et Lutafir leur souhaita bonne chance dans leur quête.

s

Miro se positionna afin d'aider Fléo Bleu à monter sur son dos, ayant déterminé qu'il était pour voyager avec lui, quand Fléo Bleu répliqua. "Il est hors de question que je grimpe sur ton dos pour le retour." Prenant tous les gens par surprise.

Tamira demanda. "Tu n'es pas pour courir le monde à pied quand même."

Fléo Bleu sourit et sortit de sa poche la pierre de sang qu'il avait récupérée. "Nous allons employer cette gemme magique pour rentrer au Firmament," dit-il, "nous n'aurons pas besoin de gravir sur le derrière d'une créature volante cette fois-ci."

Les camarades regardèrent Fléo Bleu avec surprise, certains avec méfiance. Utiliser une pierre de sang pour voyager était risqué, car la magie contenue dans ces artéfacts était souvent instable et imprévisible selon les rumeurs. Mais Fléo Bleu avait l'air déterminé, et les compagnons savaient qu'ils n'avaient pas beaucoup de temps à perdre.

Miro s'approcha de Fléo Bleu et lui dit : "Très bien, si c'est ce que tu veux, je vais rester avec toi pour t'assister dans l'usage de la pierre."

Fléo Bleu acquiesça et commença à expliquer comment l'utiliser. Il leur fallait trouver un endroit ouvert, déblayé de tout obstacle, et où ils pourraient se concentrer pour faire appel à la sorcellerie.

Tamira, Noxys, Bino et Feragil marchaient en silence, chacun perdu dans ses pensées.

Finalement, ils arrivèrent à un petit clair, dégagé d'arbres et de broussailles en retrait du campement. Fléo Bleu prit la pierre de sang dans sa main et commença à réciter une formule, invoquant l'énergie de la pierre. Les compagnons se rassemblèrent autour de lui, fermant les yeux et se concentrant, sentant la force magique s'accumuler dans l'air.

Quand soudainement il n'entendit plus un son et ne ressentit plus rien. Ouvrant l'un après l'autre les yeux, se questionnant sur les événements. Pourquoi tout avait subitement cessé? Il vit Fléo Bleu se tenant le ventre, se tordant de douleur.

Feragil demanda : "Pourquoi as-tu arrêté? Y a-t-il quelque chose qui ne va pas?"

Fléo Bleu tendit la pierre d'une main, l'autre toujours accrochée à son abdomen, et dit : "Tiens-moi ça, j'vais aller chier un bio derrière les arbres. Quand on commence à serrer du cul à mon âge, faut pas trop niaiser, sinon tu te retrouves à gérer une putain de catastrophe et risque de récolter la sauce."

Les autres se demandèrent ce qui avait pu causer une telle douleur soudaine chez Fléo Bleu. Tamira proposa de lui faire une tisane pour soulager son estomac, mais Fléo Bleu refusa, préférant se débrouiller seul. "Non merci pour la tisane. J'en ai juste pour un moment." Dit-il en partant. "Désolé d'avance si ça pue comme une fosse à purin."

Tamira soupira, exaspérée. Feragil hocha la tête en signe de désapprobation, tandis que les autres riaient sous cape devant la situation ridicule.

Quand Fléo Bleu revint, il avait le sourire aux lèvres, gambadant comme un gamin. Mais ses camarades, assis en attendant son retour, conservaient une distance de sécurité avec lui, ayant senti l'odeur nauséabonde qui semble l'avoir suivi.

Note le regarde, arborant une expression des plus innocentes et demande : "Note veut savoir… Si le vieux fou a pris le dos d'une moufette pour s'essuyer l'arrière-train…".

Feragil rit à la question de Note. "Eh bien, si c'est le cas, il aurait mieux fait de prendre des feuilles d'orties!", dit-il en plaisantant.

Fléo Bleu, qui s'était remis de sa douleur, intervint : "À prime abord, Note, sache que tu as été chanceux de ne pas te trouver dans les parages. Car j'utilisais ce que j'ai sous la main, ou sous les fesses! Mais rassure-toi, je n'ai pas eu recours à une moufette pour me soulager!"

Tous éclatèrent de rire devant cette réponse inattendue avant de répéter l'incantation.

Fléo Bleu reprit la pierre de sang entre ses mains, fermant les yeux tout en prononçant les paroles sacrées tout en se concentrant intensément. Il sentit l'énergie enchantée s'accumuler autour d'eux, tandis que les autres membres du groupe récitent également avec force et conviction. Peu à peu, une lueur féérique commence à prendre forme et de l'expansion, jusqu'à former un portail d'énergie scintillant devant eux. Les contours du portail semblent instables, comme s'il était sur le point de se refermer à tout moment, mais Fléo Bleu maintient la pierre de sang bien en place, stabilisant ainsi le flot d'énergie. Une brise fraîche émane de l'ouverture, tandis que des éclats de lumière chatoyants s'échappent du halo, illuminant les visages des membres du groupe.

Les compagnons se regardèrent, excités et prêts à traverser. Tamira s'approcha la première et transperça le portail magique, suivie de près par Feragil. Fléo Bleu, tenant toujours la pierre de sang, se hâta de passer à son tour. Les autres membres de leur confrérie les suivirent, traversant le portail juste à temps avant qu'il ne se referme complètement.

À suivre…

www.Lios-art.com

Admin@lios-art.com

Édition ScriptoSceptique